文
景

———

Horizon

日系 | Horizon

社科新知　文艺新潮

今昔百鬼拾遗 月

こんじゃくひゃっきしゅうい つき

KYOGOKU NATSUHIKO 京极夏彦作品 16

［日］京极夏彦 著

王华懋 译

上海人民出版社

独力揭起妖怪推理
大旗的当代名家——京极夏彦

总导读/凌徹

日本推理文坛传奇

在一九九〇年代的日本推理界，京极夏彦的出现，为推理文坛带来了相当大的冲击。

书中大量且广泛的知识、怪异事件的诡谲真相、小说的巨篇与执笔的快速，这些特色都让他一出道就受到众人的激赏，至今不坠。

此外，京极夏彦对妖怪文化的造诣之深，也让他不同于一般的推理作家。除了小说以日本古来的妖怪为名，故事中不时出现的妖怪知识，也说明了他对妖怪的热爱。

身为日本现代最重要的妖怪绘师水木茂的热烈支持者，更自称为水木茂的弟子，京极夏彦在妖怪的领域也具有无与伦比的影响力。京极夏彦对于妖怪文化的大力推广，也绝对是造成日本近年来妖怪热潮的重要因素之一。

而这一切，或许都是京极夏彦当初在撰写出道作《姑获鸟之夏》时，始料未及的吧。毕竟他以小说家之姿踏入推理界，进而在妖怪与推理的领域都占有一席之地，其实可说是无心插柳的结果。他出道的过程，早已成为读者之间津津乐道的传奇故事了。

京极夏彦是平面设计出身，就读于设计学校，并曾在设计公司与广告代理店就职，之后与友人合开工作室。但由于遇上泡沫经济崩坏，工作量大减，为了打发时间，他写下了《姑获鸟之夏》这本小说，内容来自十年前原本打算画成漫画的故事。而在《姑获鸟之夏》之前，他不但没写过小说，甚至连"写小说"这样的念头都不曾有过。

《姑获鸟之夏》完成后，因为篇幅超过像是江户川乱步奖与横沟正史奖这些新人奖的限制，所以他开始删减篇幅，但随后便放弃修改而没有投稿。之后他决定直接与出版社联络，询问是否愿意阅读小说原稿。拨电话给讲谈社其实也是巧合，他当时只是翻阅手边的小说（据说是竹本健治的《匣中的失乐》），查询版权页的电话，之后便拨给出版这本小说的讲谈社。尽管当时正值黄金周（日本五月初法定的长假），出版社可能没有人在，但他仍然试着拨了电话。

没想到讲谈社里正好有编辑在。编辑得知京极夏彦有小说原稿，尽管是新人，仍请他寄到出版社来。京极夏彦原本以为千页稿纸的小说，编辑会花上许多时间阅读，之后还有评估的过程，得到回音应该会是半年之后的事，于是小说寄出之后便不再理会。结果回应来得出乎意料地快，在原稿寄出后的第三天，讲谈社编辑便回电，希望能够出版这本小说。

推理史上的不朽名著《姑获鸟之夏》，就这样在一九九四年出版了。京极夏彦的作家生涯，也就此展开。

相较于过去以得奖为出道契机的推理作家，京极夏彦并没有得奖光环的加持，只是凭借小说的杰出表现才有出道的机会。但他的才能不但受到读者的支持，推理文坛也很快给予肯定的回应。一九九五年的《魍魉之匣》只是他的第二部小说，就能够在翌年拿下第四十九届日本推理作家协会奖。一出道就聚集了众人的目光，第二部作品更拿下重要的奖项，京极夏彦的实力，由此展露无遗。

而他初出道时奇快无比的写作速度，则是除了小说内容外更令人瞠目结舌的特点。《姑获鸟之夏》出版于一九九四年，接下来是一九九五年的《魍魉之匣》与《狂骨之梦》，一九九六年的《铁鼠之槛》与《络新妇之理》。表面上每年两本的出版速度或许不算惊人，但如果考虑到小说的篇幅与内容的艰深，就能了解他的执笔速度之快了。除了《姑获鸟之夏》不满五百页，之后每一本的篇幅都超过五百页，后两本甚至超过八百页。如此的快笔，反映出的是他过去蓄积的雄厚知识与构筑故事的才能。

两大系列与多元发展

虽然京极夏彦日后的执笔速度已不再像初出道时那么快速，但他发展的方向却更为多元。在小说的领域，京极夏彦笔下有两大系列作品，分别为"百鬼夜行系列"与"巷说百物语系列"，此外还有一些不成系列的小说。在小说之外，还活跃于包括妖怪研究、妖怪图的绘画、漫画创作、动画的原作脚本与配音、戏剧的客串演出、作品朗读会、各种访谈、书籍的装帧设计等许多领域，让人惊讶于他多样的才能。

京极夏彦的成功，影响了日后许多推理作家。讲谈社由此开始思考新人出道的另一种方式：不需要挤破头与大多数无名作家竞逐新人奖项，只要自认有实力，且经过编辑部认可，作家就可以出道。一九九六年讲谈社梅菲斯特奖的出现，也正是将这种想法落实的结果。

倘若比较同时期的作家，从一九九四年的京极夏彦开始，西泽保彦出道于一九九五年，森博嗣出道于一九九六年，推理小说界在此时出现了不小的变动。当许多新本格作家的作品产量开始减少之际，前述三位作家表现出了截然不同的风格。他们出书速度快，短短数年内便累积了许多作品，而且又不会因为作品的高产而降低水平，而是都维持着一定的口碑。此外，更吸引了许多过去不读推理小说的读者，将读者群拓展得更为宽广。

百鬼夜行系列

在大致描述京极夏彦的作家生涯与特色之后，以下就来介绍他笔下最重要的两大系列。

京极夏彦的主要作品，是以《姑获鸟之夏》为首的"百鬼夜行系列"。这个系列是京极夏彦创作生涯的主轴，也仍在持续执笔中。由于"百鬼夜行系列"是他从出道开始就倾力发展的作品，配合上写作前几部作品时的快笔，因此作品数很快地累积，而其精彩的内容，也使得京极夏彦建立起妖怪推理的名声。

京极夏彦的作品特色，首推将妖怪与推理的结合。或许也可以这么说，他是在写作妖怪小说时，采用了推理小说的形式，而这正表现在"百鬼夜行系列"上。"百鬼夜行系列"的核心在于"驱除附身妖怪"，原文为"憑物落とし"。所谓的"憑物"，指的是附在人身上的灵。在民俗文化中，人的异常行为与现象，常会被认为是恶灵凭附在人身上的关系。因为有恶灵附身，才使人们变得异常，而要使其恢复正常，就必须由祈祷师来驱除恶灵。

"百鬼夜行系列"的概念类似于此。每个人都有着不同的心灵与想法，有些人的心中可能因为自己的出身或见闻而存在着恶意。扭曲人心的恶意凭附在人类身上，导致他们犯下罪行或是举止怪异，进而致使真相隐藏在不可思议的表象中。京极夏彦让凭附的恶灵以妖怪的形象具体化，结果正如同妖怪的出现一样，使事件变得不可思议。阴阳师中禅寺秋彦（即"京极堂"）借由丰富的知识与无碍的辩才，解开事件的谜团，让真相水落石出。不可思议的怪事可以有合理的解释，也就等于异常状态已经恢复正常。那么造成怪异现象的妖怪，自然也就在解明真相的同时被阴阳师所驱除。

这样的过程，正符合推理小说中"谜与解谜"的形式。京极夏彦曾在访谈中提及，推理小说被称为"秩序回复"的故事，而他想写的也是这种秩序回复的故事。在这样的概念下，妖怪与推理，这两项看似没有任何关联的类型，在京极夏彦的笔下精彩地结合，成为他最大的特色。

而京极堂以丰富的知识驱除妖怪并解释真相，也让京极夏彦的小说里总是满载着大量的信息。《姑获鸟之夏》中，京极堂所言"这世上没有不有趣的书，不管什么书都有趣"，事实上也正是京极夏彦本人的想法。对于书的爱好，让他的阅读量相当可观，他本人因而得以累积丰富的知识，也随处表现在故事之中。

另一个特点，则在于人物的形塑。身兼旧书店"京极堂"的店主、神社武藏晴明社的神主及阴阳师这三重身份的中禅寺秋彦，担负起驱除妖怪与解释谜团的重任。玫瑰十字侦探社的侦探榎木津礼二郎，可以看见别人的记忆。此外，刑警木场修太郎、小说家关口巽、《稀谭月报》的记者即京极堂的妹妹中禅寺敦子等，小说中的人物各有独特的个性，不但获得读者的支持，更成为许多人阅读故事时的关注对象。

介绍过"百鬼夜行系列"的特色之后，以下对各部作品进行简单的叙述。

一、《姑获鸟之夏》（一九九四年九月）。女子怀孕二十个月却未生产，她的丈夫更消失在密室之中。同时，久远寺医院也传出婴儿连续失踪的传闻。

二、《魍魉之匣》（一九九五年一月）。因被电车撞击而身受重伤的少女，被送往医学研究所后，在众目睽睽之下从病床上消失。此外，武藏野也发生了系列杀人碎尸案。

三、《狂骨之梦》（一九九五年五月）。女子的前夫在数年前死亡，如今居然活着出现在她的面前，虽然惊恐的她最终杀死了对方，却没想到前夫竟然再次死而复生，于是她再度杀害复活的死者。

四、《铁鼠之槛》（一九九六年一月）。在箱根的老旅馆仙石楼的庭院里，凭空出现一具僧侣的尸体。之后，在箱根山的明慧寺中，发生了僧侣连续遭到杀害的事件。

五、《络新妇之理》（一九九六年十一月）。惊动社会的溃眼魔，已经连续杀害四个人，每个被害者的眼睛都被凿子捣烂。而在女子学院的校园内，也发生了绞杀魔连环杀人案。

六、《涂佛之宴》（一九九八年三月、九月），分为《宴之支度》与《宴之始末》两册。《宴之支度》中收录了六个中篇，《宴之始末》解明隐藏于其中的最终谜团。关口听说伊豆山中村庄消失的怪事，前往当地采访。数日后，有名女子遭到杀害，关口竟被视为嫌疑犯而遭到逮捕。

七、《阴摩罗鬼之瑕》（二○○三年八月）。由良伯爵过去的四次婚礼，新娘都在初夜遭到杀害，凶手迟迟未落网。如今，伯爵即将举行第五次婚礼，历史是否会重演？

八、《邪魅之雫》（二○○六年九月）。描述在大矶与平冢地区发生的连环毒杀案。

"百鬼夜行系列"除了长篇之外，还包括六部中短篇集。

一、《百鬼夜行——阴》（一九九九年七月）、《百鬼夜行——阳》（二○一二年三月）收录了十篇妖怪故事，每篇故事的主角皆为系列长篇中的配角。借由这十部怪谈，读者可以看见在系列长篇中未曾描述的另一个世界。

二、《百器徒然袋——雨》（一九九九年十一月）、《百器徒然袋——风》（二○○四年七月）各收录三篇，主角是侦探榎木津礼二郎，故事中可以见到他惊天动地的大活跃。

三、《今昔续百鬼——云》（二○○一年十一月），共收录四篇，本作的主角是妖怪研究家多多良胜五郎，描述他与同伴在搜集传说的旅途中所遭遇的怪事。

四、《今昔百鬼拾遗——月》（二〇二〇年八月），共收录三篇，本作的主角是京极堂之妹——中禅寺敦子和十四岁少女吴美由纪，两人携手破解离奇惨案。（本段为编者注）

巷说百物语系列

京极夏彦的另一个系列作品是《巷说百物语》，这个系列于一九九七年开始发表，一九九九年出版第一本，到二〇〇七年为止共出了四本。本系列的第三本《后巷说百物语》更让京极夏彦拿下了第一三〇届直木奖，成为他作家生涯的重要里程碑。

《巷说百物语》刊载于妖怪专门杂志《怪》上，是这本杂志的创刊策划作品。在试刊号的第〇期，京极夏彦发表了《巷说百物语》的第一个故事《洗豆妖》，之后除了两期之外，其余每一期都可以看见"巷说百物语系列"的小说。京极夏彦总是提及，只要《怪》继续出版，《巷说百物语》就不会停止，由此可见他重视这本杂志的程度。

"巷说系列"的背景设定于江户时期，从一八二〇年代后半期开始。在那个时代，妖怪的存在依旧深植人心，人们深信妖怪会作祟，怪事的发生也可以归因于妖怪而不必寻求合理的解释。系列的灵魂人物是又市，一个以言语欺瞒人们的诈术师。在《巷说百物语》中，诡异的怪事不断发生，而这一切怪事，其实都是又市在幕后设计的。他接受委托，并与伙伴们刻意制造出妖怪奇闻，借由这些怪事的发生，使得他能够达成真正的目的，并且能够隐藏在怪异表象之下而不为人知。

《续巷说百物语》与前作略有不同，着眼点较偏重于角色，固定班底的描写在本作中被凸显，他们的过去也借由不同的故事被一一呈现。《后巷说百物语》发生于江户时代之后的明治时代，四名年轻人每当遭遇怪异事件，便来请教一位隐居在药研堀的老翁。老翁由这些怪事，回想起年轻时与又市一行人所遇到的事件，并在故事的最后同时解决现在与过去的事件。

《前巷说百物语》的设定再度转变，描写的是又市的青年时期。在前三作中，又市已经是成熟的诈术师，但他并非生来如此。《前巷说百物语》中的又市还年轻，他的技巧也还不纯熟，因此故事又再次表现出和前三作不同的风格。

"巷说系列"目前共包含上述四本（编者注：二〇一〇年七月出版了《西巷说百物语》，二〇一九年起京极夏彦在《怪》改版后的杂志《怪与幽》上开始连载《远巷说百物语》），但还有另外两本小说与其相关，那就是《嗤笑伊右卫门》与《偷窥者小平次》。这两本其实是京极夏彦改写日本家喻户晓的怪谈，使其呈现新貌的作品。由于"巷说系列"的重要人物又市与治平也出现在其中，而且对他们两人的生平有较多描述，因此虽然小说本身的重点在于固有怪谈的重新诠释，但由于人物的重叠，其实也等同于"巷说系列"的外传作品。在京极夏彦的得奖史上，这两部作品同样都有得奖的表现，《嗤笑伊右卫门》拿下第二十五届泉镜花文学奖，《偷窥者小平次》则获得第十六届山本周五郎奖。

开创推理小说新纪元

　　京极夏彦的过人才华发挥在许多领域，也让他有着非凡的成就。如今，京极夏彦的小说得以引进，而且是他笔下最主轴的"百鬼夜行系列"作品全集，读者们可以从完整的小说集中一睹这位作家的惊人实力。足以在日本推理史上留名的"百鬼夜行系列"，其精彩的故事必然会让人留下深刻的印象。妖怪推理的代名词、开创妖怪小说与推理小说新纪元的当代知名小说家京极夏彦，现在，就在眼前。

二〇〇七年五月九日

作者介绍

凌彻，一九七三年生，嗜读各类推理与评论，特别偏爱本格。

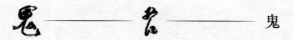

鬼 ——— おに ——— 鬼

河童 ——— かっぱ ——— 河童

天狗 ——— てんぐ ——— 天狗

鬼 ———— 书 ———— 鬼

鬼——
世称丑寅方为鬼门
今画鬼之形
头冠牛角
腰系虎皮
即呼应丑寅
而成此形

　　——今昔画图续百鬼／雨
　　　鸟山石燕／安永八年

1

"说是……可怕极了。"

少女如是说。

抬头挺胸，坚毅果决，因此与其说是倾诉，看起来更像是在抗议，但少女并不激动，更非气愤。

总之，这女孩严肃无比。

见面以后，她一次也没有别开目光。

甚至令中禅寺敦子难为情起来，主动转开了视线。

据说少女才十四岁。

敦子回想那个年纪的自己。自己也是这样的神态吗？

积极，但不知变通，尽管并非冥顽不灵，然而在得到能接受的答案之前，绝不肯退让——以前的敦子也是这样的女孩，老是摆出这种紧咬不放的态度。

不过除此之外的部分，完全不像。

与身材娇小的敦子不同，眼前的女孩个子挺拔，手脚也很修长。

光是这样，看起来就外向活泼许多。敦子至少比她大了十岁，但身高应该比她矮。

年长的人就应该比较高，这是小孩子的思维，而且身高根本无关紧要，但对方的外表带来的活泼印象，却让敦子无甚来由地感到自卑。

"请问……你在听吗？"

少女——吴美由纪侧了侧头。

"不好意思。"敦子掩饰分心。

她并非心不在焉。

"我确定一下，'可怕极了'——这句话是谁说的？是被害者片仓同学吗，还是加害者宇野？"

"啊，我才是不好意思。"

美由纪将一双浑圆大眼睁得更圆了。

"我说得太起劲了。我一直叫自己要有条有理地说明，却不知不觉间兴奋过头。呃，我说得很颠三倒四吗？"

"没这回事。"敦子说。

少女的描述，完全不像个十四五岁的小女孩。

"我没办法说得像中禅寺先生那么好。"美由纪说。

听到中禅寺，敦子一下子反应不过来她在说什么。

因为她和美由纪是第一次见面，几乎还没有说上什么话。不过敦子立刻察觉美由纪指的是哥哥。

敦子的哥哥是一间小神社的神职人员，兼营旧书店。也就是说，哥哥不过一介市井小民，然而他却与刑警、侦探、社会记者等难说是一般民众的特殊人士过从甚密，因此经常被卷入带有犯罪成分的风波，也经常被拱上风口浪尖去解决事情。一般而言，感觉旧书店老板兼神主对这类罪案派不上用场，不过就哥哥而言，似乎不在此限。

对于不重要的事，哥哥无所不知。

而且他辩才无碍，口舌媲美恶魔。

哥哥手无缚鸡之力，也缺乏体力，他的武器就是话语。口中发出滔滔雄辩，卷起强而有力的旋涡。有时撼动人心、翻转场面，事件因此瓦解冰消。

哥哥应该是以话语构成的。

因此敦子记忆中的哥哥，相貌往往暧昧不清，唯独声音总是清晰的。那声音总是以条理分明的脉络，述说不动如山的真理。

去年春季，一所寄宿制女校里发生了连环离奇杀人事件。

美由纪就是涉案人士之一。

据说包括要好的朋友在内，她亲眼看见多人遇害，学校也封锁了。

敦子的哥哥协助让那起事件落幕。

因此美由纪曾在现场实际听到哥哥的长篇大论。

敦子轻笑：

"世上找不到像他那样能言善道的人了。要是像家兄那样说话，周围的人都要退避三舍的。"

"因为我是女人吗？还是因为我是个小丫头？"

美由纪的眼睛睁得更圆了。

敦子摇头。

"我认为男人或女人这样的区别没有意义。一个人的主张，和这个人是男是女无关吧？我自己也厌恶这样的区别——不，这不是好恶的问题，而是互不相关。"

"不相关吗？"

应该无关吧。

可是。

"不……从社会角度来看，像这样区别，对许多人来说似乎比较方便，所以还是会想要区别看待吧，所以要主张不相关，相当麻烦，但两者分明没有关系吧？顺带一提，和年龄也没有关系。"

敦子心想，这话有一半以上是在说给自己听。

要超越性别、无视辈分地活在现今的社会，坦白说，相当累人。

"我哥……是个怪人。"

敦子回想起哥哥。

果然还是只能想起声音。

"他很怪，对吧？"敦子问。美由纪苦笑着应道：

"是啊。不过他说了那么多深奥的事，却能让人听懂，我觉得很厉害。我真的都听得懂，但他说的内容相当难以理解，也有许多从来没听过的字词，我自己也不明白我怎么能听懂。"

"只是被唬过去罢了吧？"

哥哥就是这种人。

"不是的。"

美由纪反驳：

"怎么说，就算不解其意，也明白个中道理——不对，就算叫我再从头解释一遍，我也做不来。那叫词汇，是吗？我的词汇不多。可是，那我是一知半解，自以为明白罢了吗？却也不是这样，我觉得我彻底理解。也就是说，在逻辑上，还是道理上，我完全理解，只是我懂的词汇太少，所以无法说明罢了。"

"我不这么认为。"

"不。"美由纪摇头，"那起事件的时候，我说的话也都没能让大人听进去……但我仔细思考，斟酌措辞之后，大人就听懂了。如果我早点那么做的话，或许就能为解决事件做出一点贡献，一想到这里，我就……"

后悔不已吗？

就敦子所知，这名少女没有任何责任，相反，她也是被害者。光是学校内部，就有三名学生、两名教职工遇害，也有人受伤。

这些惨案全发生在这名活泼的少女眼前。敦子寻思，普通情况会怎么样？

不，世上没有普通这回事。换作是我，会怎么样？距离惨剧落幕，还不到一年的时间。我有办法表现得像她这样坚强吗？别说表现坚强了，我有办法谦虚地反省自己当时的作为吗？

我……应该会吧。

这部分或许很像。

"我觉得要让别人了解、让别人相信，话语是很重要的。即使笨口拙舌也一样。我深刻感受到条理分明、逻辑清晰地说明有多重要……"

"这话完全没错，但我劝你不要效法我哥。就算想学，也是学不来的。我认为不能盲信话语。我也曾经有过和你一样的想法，结果陷进话语的迷宫，困在里面。条理分明地说明是很好，但使用适合自己的词汇就够了。"

"果然是兄妹呢。"美由纪佩服地说，"你们的气质很像，中禅寺小姐。"

这回的中禅寺应该是在说敦子。"叫我敦子就好。"她说。

这个空间很不可思议。

两人身在所谓的窄巷里，而且是在零食小卖部前面。店面摆了张简陋的木桌，木桌旁再摆放更简陋的长板凳，敦子和美由纪就面对面坐在那里。巷弄极窄，因此显然妨碍通行了，而且也遮挡了店面，但似乎也不是什么问题。再进去一点好像就是无尾巷，而且周围全是围墙，根本也没什么人会经过吧。

她觉得平日孩童应该就是坐在这里吃糖果。

现在桌上搁着两瓶弹珠汽水。因为不是暑热季节——倒不如说，天气显然还冷得很，因此敦子根本不想喝什么弹珠汽水，却毫无选择余地。

美由纪身后的木板围墙上张贴着纸张，写着"果汁、汽水"，但那些都是粉冲果汁。当然不可能有茶或咖啡。

这里好像是美由纪的秘密基地。同学似乎都是去甜品店，但美由纪说她不喜欢那类地方。说在这里陪孩子玩耍，比较符合她的性子。

这家零食小卖部叫"儿童屋"。店如其名——或者说，换个角度来看，简直是玩笑般的店名，据说原本是卖麻糬的，开业以来一直是这个店名。好像是店家在上一场战争中失去了男丁，无法继续做麻糬，留下来的老寡妇选择了零食小卖部这种一个人也做得来的生意。

听到相约碰面的地点时，敦子有些惊讶。她从来没有和人约在零食小卖部碰面过。但转念又想，对方还算是个孩子，所以也并不奇怪？但等着她的美由纪个头高大，比想象中的更成熟，让她又吃了一惊。美由纪一身制服，那身影怎么看都与这萧条的环境格格不入，却不知为何完全融入其中。

儿童屋离敦子位于上马的住处不远。她常经过前面的大马路。

但不曾拐进这条巷子里，没事不会进巷子。

凡事墨守成规、过着毫无玩心的人生的敦子，是不会毫无意义地绕远路的。她对这样的自己感到厌倦，去年秋天试着偏离了一下正轨，却因此吃了极大的苦头。

此后她再也不曾偏离正轨。

所以这景象对她而言很新鲜。

"那……我再确认一次。"

是谁在害怕？敦子问。

"片仓学姐。"

"被害者，对吧？"

"对，遇害的片仓春子，高中部一年级。"

"你现在……"

"我马上就要升高中部了。"美由纪说，"我是在初中三年级才转进现在的学校的，所以迟迟交不到朋友。在之前的学校发生的事，也有很多人知道……"

这可以理解。

同龄且全为同性的团体，自有它的棘手之处。想要打入其中，需要经历麻烦的程序，有时也会发生阴毒的纠纷。半斤八两而非截然不同的人聚在一处，有时一丁点的差异就会让人误以为是莫大的隔阂，或是反过来被锉去边角，变成同质。无论哪一边，都无法做自己。任何事情都会造成负担。

据说同学都说美由纪是"杀人学校来的"。美由纪以前就读的学校，学生几乎都是大家闺秀，学校关闭后，也都转学到相当不错的学校去，颇受礼遇的样子。她们全都被当成被害者呵护。

但美由纪的情况似乎有些不同。

美由纪的家庭，借用美由纪自己的话来说，虽然不到穷困的地步，却也称不上富裕。

进入之前的学校就读时，家里似乎是相当勉强才筹到学费。美由纪说当学校决定关闭时，她便放弃继续升学了。

她能转进现在的学校，是关闭的学校的代理理事长特别替她安排的。代理理事长甚至似乎完全以个人的名义在经济上资助美由纪。

就敦子所知，那名人士应该地位相当不凡，一样是借用美由纪的话，那位代理理事长是个正义感十足、心地极善良的人，却又是个迟钝到极点、乐观到天真的人。

这番评语颇为辛辣。

"你在学校受到欺侮吗？"敦子说。

"有点难说。视而不见、背地里说坏话那些，我本来就不太在乎，而且我是那种挨打了一定会还手的人。"

"你真坚强。"

"其实，某次有人说我遇害的朋友的坏话，我真的怒上心头，一脚踹了对方，反而挨骂了。所以我并不觉得自己受人欺侮，只是在习惯之前，有段时间受到孤立……"

但现在过得蛮普通的，美由纪说：

"有些人是很讨厌，不过人家应该也不喜欢我，而且我也交到不少好朋友。我跟大部分的人都算处得好吧。不过……是啊，大概半年左右吧，都没有人跟我说话。"

"半年？那不是直到最近吗？"

"是啦。可是只有春子学姐不一样，她从一开始就对我很好。"

"一开始？她不是大你一年级吗？"

"对。我一转学进去，她立刻就找我攀谈了。"

"你们学校本来就像那样，高低年级会彼此交流吗？"

"要说有是有……怎么说才好呢？也有人说我们是不是 S，不过不是那样的。S 是高年级女生宠爱低年级女生的意思，对吧？"

"嗯……"

确实是这个意思，但敦子吃不准美由纪所说的宠爱是怎样的程度，支吾起来。

S 是 SISTER 的首字母 S。

在女学生的世界里，是源远流长的暗语，有时不单是指互有好感、情同姐妹，甚至是有肉体关系。这个词从敦子学生时代就有了，看来完全扎根了。

她认为 S 关系成为少女小说的题材，并大受欢迎，也是推波助澜的主因。但她不清楚现在这个词的意义是否和那时候一样。

"如果是的话，你是说你们并不是那样？"

"因为我长得一点都不可爱啊。"美由纪语气爽朗地说。

"是吗……？"

"就是啊。因为我愈长愈高了嘛。这一年又长高了，我是个竹竿女。"

"跟身高有关吗？"敦子疑惑。

"当然有关啊。"美由纪说，"所谓可爱，还是只能用来形容小巧的东西。春子学姐——片仓学姐比我还要娇小嘛，大概就跟敦子小姐一样高。"

不过她已经死了，美由纪说。

瞬间，话题被血腥味所笼罩。

"我在上一所学校的好朋友被绞杀魔勒死了，快要变成好朋友的女生又坠楼身亡，而我怀疑的那个凶手被溃眼魔杀死了，然后这次又是试刀手……"

没错。

这起事件被称为"昭和试刀手事件"。

我几乎就跟死神没两样呢，美由纪自嘲地说。

没有统计过，因此不知道准确的数据，但身边发生杀人命案的几率应该很小。应该有不少人由于天灾或事故，一次失去许多亲友，而且悲伤无法量化，因此也不是数字的问题，然而遇上这类不幸奇祸的可能性实在不高，遑论多次遭遇，几率更是微乎其微吧。

"要说死神，那应该是我哥吧？绝对不是你。"

才没有如此活泼的死神。

听敦子这么说，美由纪笑了，"春子学姐也这样说"。

"她说，才没有像美由纪这么有活力的死神。死神这么快活的话，本来要死的人也死不了了。"

"就是说啊。每个人都这么想——"

等等。

这意思是……

"美由纪同学，你把之前的事件告诉片仓同学了吗？"

"她问东问西，所以我告诉她了。"

美由纪答道：

"她很有礼貌地向我寻根问底，所以我详细地说了。当然，不能说的事我没有说，不想说的事也没有说。不过怎么说呢，把事情告诉她，我的心情也得到了整理——感觉好像这件事在我心里总算是结束了。"

那似乎是一起扑朔迷离的案件，由许多盘根错节的独立事件所组成。敦子听说实行犯虽然落网了，但这起案件并非这样就彻底结束了。

"然而春子学姐……却死掉了。"

昭和试刀手事件，发生在甫落成的驹泽棒球场附近。

被害者共有七名。其中四人死亡，两人重伤，一人轻伤。

根据报道，第一起事件发生在去年九月。

第一名被害者胸口和左上臂被砍伤，但性命无虞，当时人们都以为只是单纯的路煞、强盗之类。

两个月后，发生了两起伤害事件。一人重伤，左臂几乎被砍断。另一人左侧腹被砍伤，一样是重伤。

从目击证词分析，歹徒应该是同一人，凶器也被断定是日本刀。警方认为并非以抢夺财物为目的的强盗，加上先前发生的一案，新闻报道是连环路煞事件。

又两个月过去，进入新的一年的今年，举国上下正为玛丽莲·梦露访日而沸腾的时期。

从一月三十日开始，连续三人遭到杀害。第一人与第二人被送进医院，仍因失血过多死亡。第三人据说几乎是当场死亡。凶案差不多每隔一星期发生，都是被所谓的"袈裟斩"——从肩膀斜砍下来的刀法砍死。包括凶器在内，状况证据显示与先前的三起伤害事件是同一名歹徒所为。

"昭和试刀手"这个很难说有品位的称号，是在出现第一名牺牲者时被冠上的。某家报社在标题用了这个称呼，其他报社仿效，第三名死者出现时，几乎每一家报纸都如此称呼了。

　　然后是七天前。

　　二月二十七日。

　　美由纪的学姐片仓春子遇害了。

　　她是昭和试刀手事件的最后一名牺牲者。

　　因为凶手落网了。

　　报上说，杀害春子的是十九岁的车床工宇野宪一。宇野伫立在凶案现场，被赶到的警官以现行犯逮捕。除了春子的命案以外，宇野还承认之前的六起案子也是他干的，并交代他正与春子交往。

　　至于动机等等，完全不明。

　　此外，春子的命案现场，还有春子的母亲片仓势子在场。

　　报上只提到这些。

　　总教人难以释怀。

　　尽管感觉这整件事有些龃龉不合，敦子却也未加深思。毕竟没有什么奇怪的地方。

　　而且，光是十六岁的女学生遭人以日本刀砍杀，就够耸人听闻了，下手的又是未成年的男友，而且还是连环杀人魔，舆论当然完全沸腾了。虽然没有发出号外，但事件隔天，所有的报纸头版都以斗大的标题报道"昭和试刀手落网，砍杀在学女友"。

　　尽管如此，后来报上仅仅刊出了几则没什么意义的臆测文章。

　　春子命案是一起情杀，宇野和女友争吵之后，暴露出过去一直隐藏的杀人魔本性，砍死了春子——

敦子觉得，**事件是这么诠释的。**

要这么说的话，或许就是这么一回事吧，或许也有这样的事。是有可能的情节，但敦子就是不满意。

就算宇野这名青年是个杀人犯。

然后这名杀人犯为了男女感情纠纷而犯下情杀——

不，如果是男女争吵，一时冲动愤而杀人——

还是觉得哪里对不上，但敦子没有更进一步深思。因为终究也只能做出鄙俗的揣测。

就在前天，大嫂联络了敦子。

美由纪原本打算去找哥哥或哥哥的侦探朋友商量，但两人都不在。听说哥哥和他的朋友照例在旅途中被卷入了麻烦。那儿似乎正陷入一团乱，但前来请托的不是别人，而是**那起事件**的相关人士，而且又与昭和试刀手事件有关，更不能置之不理——结果事情就落到敦子头上来了。

真麻烦——敦子当下心想。

既然都会感到有些无法释怀了，表示她对事件本身多少有些感兴趣。敦子是杂志记者，熟悉采访工作。不管是访谈还是现场考察，都是她的工作。

会觉得麻烦，是因为她听到前来商量的对象是个十四岁的少女。

敦子不喜欢年轻女孩。

从学生时代就是如此。

比起人情，更看重道理；比起梦想，更看重现实；比起美感，更看重功能。比起少女杂志，更热爱科学杂志；比起幻想，更热爱推理——以前的敦子是这样的少女。

因此还是女学生的时候，她也对女生之间软绵绵的对话、软绵绵的关系很受不了。

不是厌恶，也不是不认同，只是不喜欢。

敦子觉得自己在相当年幼的时候就丢弃了那类软绵绵的事物。如果不是丢弃了，就是用某些无趣的东西掩盖过去了。

所以一碰到展现这类特质的人，她就忍不住要保持距离。女学生一定都是软绵绵的。

敦子这么认为。所以她会觉得麻烦，并非针对女学生本身，而是当面对女学生时在自己身上所感觉到的麻烦。

不过。

这只是杞人忧天。

吴美由纪这名少女，比敦子更活泼、更——像敦子。

"她是在害怕什么呢？"

那么，这女孩一定不适合丧气的表情——敦子径自断定。

"她说可怕极了，是指害怕那些试刀事件吗？确实，案发现场都在你们学校附近，而且宿舍就在校园里面吧？近在咫尺，当然也会草木皆兵吧。"

"每个人都很害怕，可是……"

美由纪说着侧过头思考起来。

"可是，真的是这样吗？"

"什么意思？"

"我不知道她们是不是真心在害怕。每个人多多少少都觉得学校外面发生的事，与学校里面无关……嘴上说着太恐怖了、害怕死了，但其实好像没什么真实感。除了假日以外，学生几乎不会离开宿舍，而且应该也没什么人真心认为灾祸会临到自己头上来。"

"你是说，其实她们并不害怕？"

"怕应该是怕……但该怎么说呢？说是害怕，其实事不关己。也不是事不关己？对，她们看到叼着老鼠的猫也会喊可怕，应该就跟那差不多吧。"

原来如此……即使感觉杀人命案很可怕，但也不觉得会危及自己吗？

"但片仓同学不一样，是吗？"

"对。她是在聊到试刀手事件的时候这样喃喃自语的，所以应该是在说这件事，不过和其他人害怕的样子又不太一样……可是，我觉得也不是在说凶手可怕，或是杀人可怕。"

"那么，她是在害怕什么？"

"嗯，我觉得是作祟、诅咒那一类的。"

"作祟？"

敦子一头雾水。

美由纪并不混乱，她本人也说自己正努力有条不紊、逻辑分明地叙述。而且这女孩很聪明。因此之所以一头雾水，是因为这件事原本就难以捉摸吧。就像美由纪自己说的，她的词汇并不丰富，或是她自身见闻的经历尚未整理清楚吧。

"可以说得更仔细一点吗？请别嫌我啰唆。片仓同学对试刀手事件的反应，与其他学生有些不同……我这样解释，对吗？"

"是的。"美由纪答道。

"然后，就你观察，她显然害怕着什么……是这样吗？"

"是的，春子学姐很害怕。"

"但……那并非对身边发生残酷的凶杀案而感到恐惧，也不是对杀人行为本身感到恐惧，或是对凶手本身的恐惧……是吗？"

"嗯。春子学姐和其他女生不一样，不是会害怕杀人事件的人。听我说明去年发生的事件时，她的反应也很普通。不，她反而是问东问西，害我连不必要的细节都说出来了。其他女生光是听到杀人两个字，就会捂住耳朵，尖叫说'好可怕，别说了'……"

"也不是在害怕自己可能会成为被害者？"

"这我就不确定了。"

很明确。

知道的事就说知道，不知道的事就说不知道，这名少女会明确辨别，正确传达。

"那么，你说的作祟，是从哪里冒出来的？"

"是的，春子学姐常说自己**出身不好**。"

"出身不好？"

是指旧时代的身份高低吗？

或是迷信俗信之类——遭到妖魔鬼怪附身的家族？

"这是指……？"

"哦，好像不是指受到歧视那类。不，还是就是……？"

美由纪以食指抵住下巴。

"血统、门第这些，也算是歧视吗？"

"也可以这样说，但也有并非如此的情形。不管怎么样，我认为以出身来界定一个人，在某些情况下算是一种歧视。虽然这种观念依然根深蒂固，但我很不以为然。包括人种和性别在内，我认为以无法凭个人的努力改变的属性作为评价一个人的基准，是落伍的思想。"

"哦……"美由纪微微张口。

"我说了什么复杂的事吗？"

"不，我懂。只是觉得敦子小姐果然是令兄的妹妹——啊，不能这样说呢。"

敦子微笑。

"说兄妹相似，不算是歧视。"

我们兄妹……相似吗？

"就是说呢。不过，好像是类似这样的事。也不算类似吗？就是，片仓家的女人代代注定会被杀死。"

"啊——"

"而且是**被砍死**。"

"被砍死？"

这……

"嗯……应该属于作祟、诅咒那类……吧？"美由纪说。

"应该吧。"

也就是说……

"片仓同学不是害怕杀人这种暴力行为，也不是害怕杀人事件这类犯罪现象，或是害怕杀人凶手，而是恐惧着自己的——**女人会被砍死的家系**……是吗？"

"我这样觉得。"美由纪回答。

"不是掐死、打死，这次的案子是试刀……我对所谓的试刀是怎么一回事，不是很清楚，但那不是一般的路煞，因为是用日本刀砍人，所以才会这么称呼，是吗？"

"是。"

日本刀这种时代错乱的凶器，绝对就是造就出这种时代错乱的封号的原因。

"我想春子学姐就是对于**用日本刀砍杀**的部分起了强烈的反应，不过这完全是我个人的猜想。"

"所以她才会说……害怕极了……？"

"她真的被砍死了。"

这确实会令人耿耿于怀。

虽然令人耿耿于怀，但也只能当成巧合了吧？即使有人拥有自己可能死于日本刀下的强迫观念，如果没有遇上拿日本刀砍人的人，那就只是一种妄想。这回只是碰巧……

真的是碰巧吗？

"对了，你也见过凶手宇野这个人，对吧？"

"对。可是……他真的是凶手吗？"

"咦？"

"他是个好人。"

美由纪接着这么说。

敦子有些惊讶。

宇野宪一是杀害了四个人的杀人魔。不，他还在接受警方侦讯，尚未移交检方，因此正确的说法应该是——杀人魔嫌犯？

但即使如此，至少他杀死片仓春子一事，应该是千真万确的事实。对美由纪来说，宇野不是杀害她挚友的凶手吗？

"不好意思，我……不是很明白。不是你的说明有问题，而是我自己有某些偏见，或者说成见。"

敦子只读过报上的报道。

但美由纪不同。

这名少女从某种意义上来说，是当事人。她从一开始看到的就和敦子不一样。

"报上说嫌犯是片仓同学的男友，这……是事实吗？寄宿制的女校对这类事情……不是相当严格吗？"

"我不是很懂恋爱那些事。"美由纪说，"怎么说，我没什么兴趣……"

"嗯，这我懂。"

敦子拿起弹珠汽水。几乎完全没喝。

敦子也是有些排斥那类事情。

"就像敦子小姐说的，我们住宿舍，因此在日常生活中，与外界是隔绝的。也很少会遇到异性，因此男女交往……嗯，可是也并非完全没有。我以前读的学校在山上，在物理上也和外界隔绝，但还是……"

"嗯……"

敦子听说有部分学生有卖春行为。

"连在那么偏僻的地方都有那种事了……街区的宿舍，防备得更不严密。围墙外有许多人来来去去，校园的人员进出也比山上多了许多。而且假日可以外出，放学后也是，只要申请，就能离校。虽然有门禁，但也有很多女生回去自己家。我想是有邂逅异性的机会的。"

"你是说，也有不少人和异性交往吗？"

"这个嘛……"美由纪说着侧了侧头，"这部分有点微妙，但不是完全没有，初中部应该不多，但高中部的话，好像也有人在校外有心仪的对象，或是男朋友……不过大半时间都在学校里度过，所以……"

"是学生间的恋爱过家家吗？"

当然应该也有弄假成真的情形，但大多只是模仿男女恋爱。不过不分异性同性，应该都是如此。在某个年纪，是难以明确区分仰慕、慈爱、怜悯这些形形色色的感情的，有时甚至连性欲也混杂其中。

"仰慕学姐，或是宠爱学妹，这些怎么说呢，每天的生活都腻在一起，所以怎么讲……"

我还是不喜欢，美由纪说。

"那，片仓同学也是……"

"春子学姐不是那样的，所以她跟我要好，周围的人应该都觉得很奇怪。会说我们是 S，也是觉得她会跟学妹在一起很稀罕。她和宇野先生……"

或许是在交往吧，美由纪说。

语气含糊。

是无法断定吗？

"意思是不清楚吗？可是美由纪同学，你说你见过那位宇野先生，就是片仓同学介绍的吧？我觉得女学生和车床工应该没什么接触的机会，这也是我的偏见吗？"

"不是的。当然，是片仓学姐介绍——也不算介绍吗？"

美由纪望向半空。

"那也不算介绍……而且宇野先生并不是车床工，他应该在去年就辞掉工厂的工作了，不过或许没有正式辞职。"

愈听愈是一头雾水了。

状况和报上说的似乎颇为不同。

"我家住得很远。"

美由纪唐突地说：

"我本来住在千叶，所以虽然不到没办法回家的距离，但要当天来回很麻烦，因此就连假日也经常一整天待在宿舍。所以，那应该是去年秋天的事，春子学姐说你这样实在很寂寞，很无聊，要不要来我家？我便接受了她的好意。"

"你去了片仓同学家？片仓同学家在哪里？"

敦子连这都不知道。

"在下谷。"美由纪答道，"是下谷一家刀剑铺。"

"原来是刀剑铺？那，凶器……"

是从店里拿出来的吗？

"学姐的父亲多年前就离世了，店里原本一直是母亲一个人在打理，但开战后好像就关掉了。听说是三年前左右重新开业的。"

"那宇野先生……"

"宇野先生在店里。"

"在店里？他是客人吗？"

"不是，一开始我以为他是店员。"美由纪说。

"店员……他给店里帮忙吗？"

"那算帮忙吗？……他就坐在那里看店，看到春子学姐，就说'你回来了'。"

"你回来了？"

"春子学姐也说'我回来了'。每次去都是这样，午饭也一起吃，所以我以为他是定时上下班的店员。虽然也觉得好像不太像，可是愈来愈不好启齿问清楚。"

"这样啊……"

感觉和原本预想的构图大相径庭。

敦子寻思起来。

自己是对这起事件的哪个部分感到难以释怀？

敦子根据报上信息组成的案件架构是这样的：

持日本刀反复无差别杀人的年轻车床工，在一连串凶行的最后，杀害交往中的少女，遭到警方以现行犯逮捕……

是极为骇人听闻的事件。

因此在其中代入男女爱恨情仇这种陈腔滥调的动机，才会让敦子感到格格不入，是吗？倘若如此，说是误杀之类或许还更有连贯性。如果说下手之后才发现对方是女友，茫然无助，敦子或许就能接受也是有这种事的。

即使如此，被害者的母亲身在现场这个事实也——纵然这是事实——正因为有这个事实——显得极为突兀。

母亲身在女儿的命案现场，这并非绝对不可能的事。因此也没必要对这一点吹毛求疵。

即使是类似路煞的犯罪行为，也可能有同行的母女遭到攻击。

但是——敦子并未详加调查，因此无法断定——不过在这之前，昭和试刀手事件的歹徒应该没有攻击过结伴的人。

敦子尚无法明确地说出她是根据什么而如此断定，但记得读到的多数报道中，提到警方正在寻找目击者。也就是说，没有人目击凶案现场。如果被害者有伴，那个人应该在最近的距离目击到罪行，否则也极有可能一同遭到危害。被害者都是只身一人。从报上看不出被害者有同行者的事实。

但如果被害者的母亲**身在**命案现场，毫无疑问，应该是在命案发生前就和被害者**在**一起。报道上的文字不是"赶到现场"，也不是"目击凶案"。

到了第七次犯案，才攻击结伴而行的人吗？可能会有这种事，但总觉得有些蹊跷，所以才会冒出男女情仇这种格格不入的动机吗？

但就算是这样，会刻意挑选被害者的母亲也在身边的时候下手吗？

——刻意挑选？

没错，情侣争吵，愤而杀害对方，这样的说明也有些奇怪。

凶器可是日本刀。

不是唾手可得的东西。日常生活中，应该很难想象一手拿着日本刀和女友吵架的状况。

不管是分手谈不拢，还是被害者移情别恋，无论动机是什么，都不会是因为争吵中气昏了头而失手杀人。加害者是先去某处拿了凶刀过来的。这一点毋庸置疑。即使拿刀只是想要吓唬人，这个前提也不会变。如果原本就有杀意——

也就是凶手是怀着杀人意图，专程跑去杀人的。

但是从美由纪的描述来看，状况又有些不同了。

身为加害者的年轻人，在被害者的家里工作。就算不是正式员工，似乎也频繁进出。

也就是说，他与东家的女儿是一对情侣。凶器也是从被害者家里——刀剑铺——拿出来的吧。

此外，身在现场的母亲，也认识加害者。

这种情况……

当然没有太大的不同。

但细节不同，呈现的样貌也会跟着不同。

比方说，被害者发现男友其实是杀人魔，前往劝阻他行凶，反遭杀害——有没有这种可能？前往劝阻时，她感到危险，因此请母亲同行，这样解释起来就合理了一些。

"呃……片仓同学有没有可能早就发现宇野先生的罪行？"

"罪行……噢，试刀案，是吗？"

美由纪似乎也把一连串凶案和最后一起命案分开来看。

"我觉得没有。"她当下否定。

"你有什么根据吗？"

"没有。不过最初的几个案子，不是没有把人杀死吗？"

"是啊，有三个人保住了一命。"

"春子学姐说是刀法太差。我刚才也说过，春子学姐对这类事情非常淡然，其他女生净是嚷嚷好可怕好可怕，但春子学姐好像满不在乎。她还说，要砍死一个人是很难的。"

"可是……"

她不是说可怕极了吗？

"对，是这样没错，但那不是害怕杀人案，而是害怕自己受诅咒的血统。啊，这么说来，她还说过其他的话。"

美由纪抬头看了一下上方，接着望向敦子说：

"……她说，我可不想遇上刀法这么差劲的凶手。还说痛个半死却死不了的话，就太惨了。她说自己注定要被人砍死，所以希望能死在刀法高超的人刀下。"

"嗯……"

这话该怎么解读才好？

"如果她早就发现宇野先生是凶手，还会说这种话吗？"美由纪说。

"会……吗？"

"如果宇野先生是她的男友，更不会这样说了吧？"

"或许……吧。"

敦子不明白。

美由纪这回盯着弹珠汽水瓶说：

"可是，这一点也很可疑呢。他们两个真的在交往吗？不过报上都这么写了，应该就是吧。"

这么说来，连这一点都模糊不清吗？

"宇野先生是个好人吧？"敦子问。

"嗯。他人很和气，看起来很老实，感觉忠心耿耿。看上去比实际年龄还要成熟，我看到报上说他十九岁，非常吃惊，因为他看起来有二十四五了。可是春子学姐说过类似'他那个人实在太年轻'的话，感想和我完全相反，那时候我觉得春子学姐好成熟。还有，对了，春子学姐说他人太好了，很无趣。"

"不是作为男朋友很无趣的意思吗？"

"听起来不像这样。"

应该是难以说明吧。

但敦子认为这种情况，难以说明的直觉往往更直指核心。虽然不能光凭印象来判断，但既然会有这样的印象，即使无法明确地诉诸言语，应该也有予人这种印象的理由。

这要是哥哥，应该就能解释清楚了。

就如同敦子读了报纸，总觉得不太对劲，美由纪应该也有了某些异样的感受。但就像敦子，她也同样难以将这些感受诉诸话语吧，也因此敦子才会被找来。

美由纪蹙起眉头。

"但感觉他们感情也不差。"

不过男女之事我就不懂了，她说。

敦子也不懂。

"先撇开他们是否交往这一点，至少我认为春子学姐没有想过宇野先生是试刀手。如果她发现宇野先生就是凶手，至少不会是那种态度。因为这事太严重了。再说，如果宇野先生就是那个试刀手，对春子学姐来说……就是可能会杀死她自己的人了。"美由纪说。

"她也真的被杀了。"

"是啊，真的被杀了。可是，春子学姐真的很害怕血统的诅咒……所以如果她知道宇野先生是个杀人凶手，而且是用日本刀杀人的凶手，她还会回有宇野先生在的自己家吗？那不就形同回家去送命吗？"

敦子这才发现一件事。

之前她都想错了。

昭和试刀手事件，每一起都发生在她们生活的宿舍附近，片仓春子遇害的地点也不例外。片仓是在学校旁边的空地遭到杀害的。

但是……

行凶时间当然是夜晚——听说是十点。

没错，是夜晚。虽然就在学校旁边，但这个时间，应该不容易偷偷溜出宿舍吧？

"那天……是星期六吗，这么说来？"

"对。春子学姐几乎每星期都会回下谷的家。她经常星期六回家，在家住一晚，星期天再回学校……"

"你们学校可以外宿吗？"

"只限回自己家过夜。只要提出申请就行了。一星期前也是这样。春子学姐也邀我去她家，但如果春子学姐要在家过夜，我就只能一个人回宿舍，所以我拒绝了。虽然我也不是害怕遇上危险。"

"原来她邀过你。"

"如果宇野先生是杀人魔，春子学姐也知道的话，她还会邀我去有杀人魔的自己家吗？别说邀我了，她还会回家吗？春子学姐是那么恐惧着遭人砍死的命运。"

"这……"

不可能吧。

可是……

如果片仓在那天得知了事实。

回家以后，目击到正要出门杀人的宇野，尾随其后……

并非不可能，但……

"有些奇怪呢。"

"就是说啊。"

美由纪活泼地说，睁大了眼睛。

"很奇怪，太奇怪了。虽然说不出哪里怪，但就是非常奇怪。"

"那天片仓同学是几点左右离开宿舍的？"

"那天很晚，应该是傍晚六点多的时候才走的。"

"那几乎是蜻蜓点水，回家一下就折返了呢。"

假设晚上八点前回到家，等于只在家里待了三十分钟而已吗？虽然不清楚这短暂的期间出了什么事，但等于是片仓春子带着母亲还有宇野，三个人一起特地回到驹泽，而且春子还惨遭宇野杀害。

"非常不自然呢。"敦子说。

"会觉得不自然，是因为以报上写的经过为前提，把状况嵌上去，对吧？当然，这中间并没有太大的差异，而且春子学姐遇害是不争的事实，可是……到底该怎么说？啊，真是急死人了！"

我怎么这么不会说明？美由纪稍稍拉大了嗓门。

在店里打瞌睡的老太婆抬起头来。

"如果我像敦子小姐的哥哥那样，一定就能完整地说明这种感觉了。如果能说明清楚的话，我甚至想直接去警局说明。"

敦子以前也有过类似的想法。

"不行的，美由纪同学。"

"什么东西不行？"

"在这种状态下，我哥应该连一个字也不会说。"

"是吗……？"

美由纪嘴巴半张。

是呆掉了，这种表情让她顿时变得很孩子气。

"你说要去警局，但去了要做什么？"

"当然是说明……"

"说明什么？"

"这……"

"我跟你都觉得奇怪，却连觉得哪里怪都说不上来，所以就算要说明，连要说明什么才好都不知道啊。"

"可是很不对劲吧？"

"是很不对劲。可是，也不是说宇野先生就不是凶手吧？他好像是以现行犯遭到逮捕，而且也招供了。"

"是这样没错，可是有很多地方对不上吧？"

"只是和报上写的不一样而已吧？警方应该正在详细调查。像宇野先生早就已经辞掉车床工厂的工作，这些相关事实应该都已经查证完毕了。"

"可是却没有报道出来。"

"只是报纸没登而已吧？因为只是车床工变成前车床工罢了，不值得特地刊出更正启事。"

"这样……啊。"

"警方应该也问过学校了，最重要的是，片仓同学的母亲就在现场，警方一定详细讯问过她了。所以警方应该有比我们更多的信息，不是吗？既然如此，就算你去找警方，也没什么可以说的。"

"说的也是呢。"美由纪说，微抬的臀部又坐了回去，"因为有过之前的事件，所以……我有些慌了。"

敦子觉得这实在无可厚非。

听下来，这位聪明的少女当时非常接近真相了。但没有人愿意聆听小丫头的说辞，结果造成多人死亡。

美由纪可能认为，如果能把自己的话好好地传达给大人，或许就能预防凶行，或许可以挽救朋友一命。

敦子也时常有类似的想法。因为是女人、因为是小孩、因为没有头衔，说的话便不被当成一回事，这种情况格外多。

若要推翻这种情况，确实或许只能增加自己的词汇。

"对不起。"美由纪说，"敦子小姐这么忙，却把你找来这种怪地方。在这样的大冷天里……怎么说，因为又有朋友不幸死去……所以我好像有点太激动了。就像敦子小姐说的，我会发现的事，警方也早就看透了呢。那么……"

"可是很奇怪。"敦子说。

没错，很奇怪。

美由纪怔了一下，朝敦子投来苦恼的眼神。

"虽然不明白哪里怪，可是很奇怪。"敦子又说。

"就是……弄不明白呢。"

"虽然不明白，但不对劲就是不对劲。听着，美由纪同学，我刚才也说过，我哥在这种阶段，应该会不予置评。我哥只有在信息全部齐全，推论不再是推论，一切水落石出之后，才愿意开口。他就是这种人。"

"噢……"

"我们只是信息完全不够而已，所以，只要补齐这些缺口……"

就知道是哪里奇怪了。

不清楚的地方，就只能调查清楚。不明白的地方，就只能想明白。

只能去调查、去思考。

"我可以问个问题吗？关于那个片仓家的诅咒和作祟，春子同学还提到过其他什么吗？"

少女的眼神困惑地游移，接着说：

"啊……对了，她说是鬼的因缘之类的。"

2

"可怕极了……吗?"

眼睛大如铜铃的男子说着搔了搔后颈,接着吟诗似的说了声"这个哦",摆出一张苦脸来。

"教人不解哪。"

"我也不懂。"敦子应道。

"因为鬼的因缘,注定被杀……?这真的莫名其妙。"

"我也这么觉得。"

"可是啊……"

男子苦着脸歪起头来。

"警方掌握到了这个事实吗?"敦子问。

"事实?啊,噢,我不能透露案情,还在侦办当中。"

男子是刑警。

名片上印着"玉川署刑事课搜查一系 贺川太一"。

"我不是在请教侦查情况,只是想了解我提供的线索是否毫无帮助。如果这已是众所周知的事实,那就是平白浪费您的时间,没能派上任何用场了。"

"不不不,没这回事。是我们要求民众提供线索的。姑娘——抱歉,中禅寺小姐,是吗?你不用担心这一点。再琐碎的情报我们都非常欢迎——虽然很想这么说,不过,嗯,什么因缘、鬼的,这实在……"

贺川再次伸手,这次搔了搔后脑。

这里是玉川署里的小房间。

当然，敦子是为了搜集信息而来访这处单调的房间的。但表面上是别的名义。敦子现在是以提供线索的民众身份坐在这间房间里。

与美由纪道别后，敦子经过一番深思熟虑，决定前往神田。

是为了联络在警视厅刑事部任职的熟人。但也不是想要从警视厅问出情报。而且这起案子属于玉川署的管辖，警视厅应该没有这起案子的情报。即使有，也不可能将侦查内情告诉一般民众。不管是熟人还是朋友，都不可能透露。掌握详细情报的应该是辖区刑事课，但就算拜托，他们也不可能理会。再说，能透露的信息，应该早就全部公开了。

不过敦子并非想要刺探特别压下来的机密情报。她想知道的反而是应该会被认为无关紧要的琐碎细节。

因此敦子盘算能否通过警视厅的熟人，引介玉川署的人谈谈。感觉像是在利用人，教人有些心虚，但她转念心想，自己又不是要做什么坏事。

起初她想到附近派出所借个电话。

但仔细想想，案子都发生在那处派出所附近，那里算起来就是现场，派出所警官当然应该也参与了办案，不能随便乱说话。万一才刚着手就遭到警戒，那就血本无归了。

避开派出所比较明智。

但是这么一来，就没有电话了。

单纯借电话的话，哪儿都能借，但应该没办法一直待在那里等对方回电，况且对方也有可能不在。不管怎么样，都需要一个能等待对方联络的地方。

因此敦子决定前往工作地点。

这实在不是适合进公司的时间，但杂志编辑部这种地方没有周末可言，也没有上下班时间的概念。因此即使是星期六傍晚，仍有不少人在里面。不，或许比平日还要多。

自从所谓的《森胁笔记》曝光以来，其他部门一直忙得鸡飞狗跳。

但敦子隶属的杂志《稀谭月报》基本上是科学类杂志，几乎不会刊登政治经济报道，与造船冤狱案没什么牵扯。

不过除了总编，还有几名编辑在座位上。

敦子刚完成参加第六届东京都优秀发明展的人造米炊煮器的报道，被分派的下一件工作，要等到下周才能着手。校样也还没出来，没什么必须急着处理的事，但编辑部向来兵荒马乱，所以她出现在这里，似乎也没引起他人好奇。

敦子假装采访，打电话到警视厅，询问认识的刑警说：

"我在采访昭和试刀手事件的时候，打听到未被报道出来的被害者相关事实，身为市民，该如何处理才好？"

这并不是谎言。

她还补充说不是什么大不了的内容。那位和敦子一样秉性认真的刑警，说辖区警署有他的旧识，会替她问问看。

为了等待回电，她必须暂时赖在编辑部才行。

幸好不到一个小时，对方就回电了。

说是不论再小的细节，都希望提供线索。

敦子问了负责人的姓名，请对方转达她这就过去拜访。

接着敦子回到等等力，被带进这处小房间。

贺川刑警个头矮小，但体格结实，眼睛嘴巴都很大。看上去三十多岁，但皱巴巴的干燥皮肤的质感，与可说突兀的孩子气发型，让人难以看出年龄。

贺川嘴角左右咧开，露出牙齿。

"鬼吗？又不是节分。而且说会被作祟杀死？就算真的是这样，我们警方也无能为力。即使真的是作祟好了，实际下手的也是人啊。我们只能逮捕那个人，就算原因是作祟，凶手的罪责也不会因此而变轻，对吧？"

"是的，不过……"敦子说，"不管是作祟也好，因缘也罢……或者说，我好歹也是科学杂志的编辑，是不相信这种事的。"

"咦？"

贺川看向桌上的名片。

"原来姑娘——抱歉，中禅寺小姐，不是社会记者吗？"

"不是的。我们的杂志基本上不会报道丑闻或社会案件。就算报道，怎么说呢，报道的方式也不同。"

"你说……科学吗？这起事件哪里科学吗？"贺川的额头挤出皱纹，"啊，是没什么关系啦，只是好奇。"

"您会起疑是当然的。我并不是特别在采访这起案子，该怎么说，只是在采访过程中偶然听到一些事。"

采访什么？敦子心想。

没有科学报道会去采访女学生。

她急忙思考借口，脑袋却一片空白。如果对方追问，她只得词穷了。

"原来如此，科学杂志啊。"

贺川……好像接受了。

刑警拿着敦子的名片，左右端详。

"我们警方是不处理作祟这些东西，但要不要信，是个人自由，而我个人呢，是觉得虽然不明白，但或许真有其事。不过警方是不管这种事的。没有相关法律，也就无法问罪。"

"我明白。"敦子说，"我并不是要来说作祟、诅咒这些事。"

"你们是科学杂志嘛，不相信这一套吧？"

"我们并非不相信不科学的事物，只是相信科学思维。"

"那，这事该如何解读才好？"

——这个人。

对事件有些疑虑。

敦子如此感觉。

她提出来的可是作祟——正确地说，是鬼的因缘——因此一般来说，应该会吃闭门羹，或是被一笑置之。但刑警却愿意姑且听之，也许侦办遇上了某些瓶颈。

仔细想想，凶手落网之后，已经过了一星期。嫌犯承认了总共七起的凶案，照理说应该已经以其他嫌疑继续收押、拘留才对，然而却没有看到这样的报道。难道是打算撑到拘留期限最后一刻，再执行其他罪名的逮捕令吗？

还是有什么阻碍？

"至少……"

敦子就像贺川那样，拿着刑警的名片，对着名片说：

"无关作祟，被害者片仓同学有可能事前就已经察觉自己将会遇害……是这样吧？"

"事前就已经察觉？"

贺川把敦子的名片放到桌上。

"可是，每个人都在担心下一个可能是自己吧？路煞可不挑对象，是随机下手。而且命案就发生在身边。"

"嗯，原本我也这么想，不过虽然那所学校的学生确实都很害怕，但好像不觉得下一个可能就是自己。"

敦子并没有查证这件事，完全是从美由纪那里听来的。

"其实……"

敦子决定撒点小谎。

"我不太想透露，但其实敝杂志很久以前就在进行对犯罪的意识调查。"

"意识调查？你们是科学杂志吧？"

"是的，或许也可以称为社会心理学，还没有完全适合的说法，不过，就是发生某些暴力事件时，案发现场附近的居民会如何看待……啊，在现场附近到处询问多余的问题，不是值得嘉许的行为呢。"

"是啦。"贺川嘟起嘴唇，他的表情很丰富。"有时候案子还在调查，当然不太鼓励。"

"是的，我们非常了解。因此都会万分小心，避免对警方办案造成影响，此外，在采访中得到的线索可能与案情有关时，我们会请采访对象通报警方，或是像这次这样……"

"啊，我了解，这一点我明白。"

贺川双掌向下，手腕上下摇动，就像在收起什么。

"那个科学……什么呢？是叫学术吗？那不是我的专业，所以我不了解，但我明白你说的。不过，你们都问些什么？"

敦子行了一礼："谢谢您的理解。"

虽然只是胡扯一通。

"是的。假设说，某处人家发生了命案，那么该户人家的邻居……嗯，毕竟邻人不是被害者就是加害者，总之都是当事人，所以不能说完全事不关己，但也不是自己遭受直接的损害，对吧？这种情况，这些邻居会作何感想、如何应对呢？那么，再隔壁一户又是怎么样呢？町内应该会议论纷纷，但对邻町来说，已经是隔岸观火了吗？要距离多远，认知才会不同？比起物理上的距离，亲密的程度影响更大吗？我们就是在调查这些事。"

"噢。"贺川微微眯眼，嘴巴微张，"应该觉得蛮事不关己的吧？我们警方也会滴水不漏四处问话，很多人都不觉得有什么。对面人家出了大事，他们的态度却是'是哦，真不得了'。跟平日熟不熟好像没什么关系。搞不好就算有亲戚关系，也一样无动于衷。啊，这完全是我的感觉啦。"

"是的……"

敦子只是随口说说，没想到竟或许会是很有意思的研究题目。

"这次发生了极端离奇的连环案，而现场附近就是女校宿舍。我们在筹划采访的阶段，完全没想到那所学校的学生当中会出现被害者……那里是女校，我们以为防护会更严密一些。"

"那里感觉还蛮自由的呢。"

"是啊，只要申请，就可以外出，如果是回家过夜，也能外宿。虽然有门禁，也不是多早。我还以为这样的话，学生应该会相当害怕。"

"结果不是？"

"嗯。她们是很害怕，但尽管在自己起居的场所附近有好几个人被杀，她们却不认为会轮到自己头上。不光是学生，连校方都是如此，完全没有采取禁止学生外出之类的措施。"

敦子向美由纪确认过这一点了。

美由纪说校方只是提醒最近治安不好，叫学生务必小心。

就和注意落石一样，即使注意，突然掉落的石头也无从防范，万一被砸中，有时也会送命。

"理由很简单，因为她们没有理由被杀。"敦子说。

"嗯，没有人是活该被杀吧。"

"对，大部分都是如此呢。认为自己问心无愧，所以绝对不会遭逢厄运。她们也是如此——不，更极端吧。她们觉得校外发生的事就像故事一样。顶多就是鬼故事。"

"她们正值爱做梦的年纪嘛。"贺川眯起眼睛，"嗯，应该会这样想吧。"

"我也觉得她们这样的反应很普通……但是这些人里面，只有一个人认为自己有可能被杀，并说她非常害怕，就是片仓同学。"

"可是那个什么……传说？因缘？那实在……"

"但是她真的遇害了。几百名学生当中，唯一一个预测自己可能遇害、为此害怕的学生，真的被杀了。而且还如同她所预言的，是被日本刀砍死的。"

"可是，我刚才也说过，作祟不在警方的管辖范围内啊。"

"如果不是作祟的话呢？"

贺川瞪大了眼睛："不是作祟？"

敦子注视着贺川的大眼。

"世上根本没有什么作祟吧？"

"没有……吗？"

"如果没有的话……"

"呃，等等，先等一下。"贺川掌心对着敦子，"我好像被姑娘——被中禅寺小姐的话牵着走了，但被害者与加害者认识，而且是男女朋友，所以……"

"刑警的意思是，被害者早就知道加害者是昭和试刀手？"

"这个……"

"假设被害者早就知情好了，那就是被害者早就预料到凶手的刀子迟早会砍到自己身上，对吧？世上有这种事吗？听说动机是感情纠纷，但这样的话，就是被害者早就知道男友是杀人魔……然后向他提出分手吗？还是因为发现他是杀人魔，所以要和他分手？但如果惹怒对方，会非常危险吧？倒不如说，在发现秘密的阶段就很危险了吧？如果她想分手，直接报警不就得了吗？还是她劝男友去自首？"

"请别那样连珠炮似的讲一大串。"贺川说。

敦子连忙闭嘴，这样子和激动的美由纪没有两样。

"确实，被害者不太可能事前就知道加害者——交往对象是杀人魔。而且加害者根本……"

这时贺川"啊"了一声，掩住嘴巴。

"根本……不是试刀手？"

"啊，不能说，这绝对不能说。"贺川匆匆说完后，接着又说"这样说就等于承认了嘛"，泄气了。

"实在是……啊，请不要写出来哦。杂志社的人都会凭臆测乱写一通。连报上的报道都会写错。"

"我不是社会记者。"

"那我相信你。"贺川小声说，"就是，呃，很可疑啦。嗯……我反过来问你，你有没有打听到什么？你到处打听，对吧？为了那个什么学术研究。"

"您说可疑……是指什么？不知道您在怀疑什么，我也难以辨别哪些信息能派上用场。当然，如果我拥有能为办案派上用场的信息，一定会毫不保留地提供。这是市民的义务。"

"你几岁？"贺川话锋突然一转。

"咦……？"

"问小姐年纪很没礼貌吗？我因为职业关系，向来任何问题都毫不客气地直来直往，但之前被人说那个什么……神经大条？被狠狠地骂了一顿。可是又有人跟我说在这种地方分男女是那个什么？性别歧视？叫我要一视同仁。这话我是觉得没错啦……"

"我二十四岁。"

贺川哑然张口。

"我并不觉得这个问题没礼貌。年龄与个人评价无关。并不是说年轻比较好，或是年长比较了不起，对吧？可是如果发问的人是基于女人愈年轻愈好的私心来提出这个问题，就有可能构成性骚扰方面的问题。但如果是出于业务需要提问，我认为没有任何问题。"

"没有问题吗？也不是神经大条？"

"不，这和那无关，而且凭这种事来评断一个人是不是神经大条，我认为才是偏见。"

"不，呃，这也不是出于业务需要，可是，嗯，怎么说，这类偏见，我自己是……"

"我认为您并没有这类偏见，所以我回答这个问题。"

贺川收起下巴，用指头揩了揩额头。

"我是没有偏见啦。我自认为没有。不过我听到你是职业妇女，又是杂志记者，以为年纪还要更大一些……啊，这或许也是偏见，不过我不是那个意思。我自己二十九岁，跟你差不了多少。你很能干。这……怎么说，是在称赞。"

敦子苦笑。

贺川似乎是个比外表看上去更容易相处的人。相较之下，自己随意估计他应该三十多岁，让敦子感到有些难为情。

"那，"贺川说，"你跟青木是什么关系？"

"关系……？"

一言难尽。青木就是敦子在警视厅的熟人。若要讲求正确，应该是哥哥的朋友的战友以前的部下，但这些细节已经无关紧要了吧。两人不到朋友那么亲近，所以只能说是熟人。

"啊！我可没有想歪哦。"贺川慌忙说，"呃，我不是在打听那方面的事，呃……你们是在青木办案的时候认识，你提供协助这类……"

"我派上的用场，称不上协助。记得一开始是……"

是什么时候？

"武藏野分尸案那时候，我一样在进行采访……为了调查流言的传播扩散与变质，主要采访当地的年轻人。"

这是真的。

不过这次并没有进行这样的采访。

"哦，分尸案。那真的是很残忍的事件。不是人干得出来的。我也间接参与了侦办，老实说，教人作呕。噢，说到我怎么会问这个……"

贺川上身前倾。

"嗯，怎么说好呢？关于这次的连环杀伤事件，有相当数量的线索—— 一般市民提供的消息。这是很值得感谢的，但坦白说，这些消息反而让侦办陷入混乱。"

"混乱？怎么回事呢？有那么多民众提供线索吗？"

"嗯，有是有的，这件事本身值得欣喜，毕竟像肇事逃逸、当街抢劫那些，很多时候毫无线索，束手无策。而这起案子因为报道得相当耸动，所以才有更多民众踊跃提供线索吧。只是呢，这些线索完全看不出到底有多少可信度。"

"意思是……里头也有假消息吗？"

"不是不是，"贺川用力挥手，"没有那样的坏胚子。提供线索的民众都是一片好心。他们自己也很害怕吧。只是，也有搞错或看错的情况，即使不是，有时内容也和案情完全无关。也是有这种情况的，对吧？但也不能直接忽略，必须一条一条逐一查证。毕竟在查证之前，不晓得到底有没有关系。但这查证步骤不仅费功夫，也困难重重。然后……"

贺川伸出右手指着敦子。

"你，姑娘——抱歉，中禅寺小姐，重点在于你能不能信任。不不不……"

贺川微微摇头。

"我不是说你不能信任，请别误会了。我跟青木算是同期，毕业后青木被分到丰岛，我分到世田谷，后来我们每年也会一起喝几次酒。别看青木那样，他可是海量。这不是重点，总之我对他相当信任。他去年因为违反规定被调走，但很快又被调回本厅了，不是吗？因为他很认真，就算被流放边疆，也尽忠职守。他这人就是没办法浑水摸鱼。青木说你可以信任，所以我也想相信你，只是……"

贺川的指头这回指向了天花板。

"这种说辞，说服不了上头的。"

"噢……"

"唉，老实说，上头的人其实已经不想要什么线索了。因为只会愈搞愈糊涂。他们说嫌犯都招供了，直接起诉就好了。也有些情报和嫌犯的供认内容相矛盾，但如果要确认，就必须进行核查。不过，想要所有的线索都相互印证，毫无矛盾，本来就是不可能的事。"

"因为人的记忆是模糊的。"敦子说。

"很模糊啊，非常模糊。"贺川把脸皱成一团，"我连前天吃了什么都糊里糊涂。可是站在我的立场，也不想糟蹋人家好意提供的线索。看错的话就看错，搞错的话就搞错，这都没关系，但我并不认为那些全都不重要。因为或许有所遗漏啊。所以我个人认为需要一个客观而且冷静的第三者的观点，我个人认为啦。"

其他你还问到什么吗？——贺川以泫然欲泣的表情问：

"你到处采访很多事，对吧？也问过那些女学生。噢，学校那里我们当然也去过了，但案情凶残，学生又正值敏感的年纪，校方说不想随便惊吓到她们，警告我们尽量不要单独询问学生。不过案发时刻，除了被害者以外，学生好像全部都在宿舍里，也不可能目击凶案，所以我们也觉得无可奈何……呃，是鬼的因缘吗？告诉你这件事的，是跟被害要好的学生，对吧？"

"消息来源保密是记者的基本职业道德，但这起事件是刑事案件，而且我也事先询问过消息提供者的意愿了，所以我可以回答。您猜的没错。"

"呃……吴同学，我听说被害者和一名姓吴的学妹很要好。"

"是的。"

"她还说了什么吗？那位吴同学也认识被害者的母亲和加害者，对吧？我记得。"

敦子点点头。

"这一点实在……"

重点就在这里。敦子也想知道。

"贺川先生，您是不是有什么疑虑？我所提供的消息，对案件的框架本身应该没有影响，只是有可能改变对加害者及被害者关系的看法。男女情仇……"

"那是报纸的写法。那叫什么？煽动性？类似那种写作手法吧。警方公布的内容可没提到那种事，只说被害者和加害者认识，不排除有恋爱关系。警方是想要表达，这起命案有可能不同于先前的路煞犯罪。"

"事实上两人是否在交往，似乎相当可疑。"

"果然吗？"贺川说，拳头敲了一下桌面，"啊，抱歉。这也是吴同学说的？"

"是的……吴同学说，两人关系并不差，但看起来并不像一对情侣。当然，这只是吴同学的感想和印象，所以事实如何并不清楚……呃，这恋爱关系是从哪里冒出来的？"

"招供。"贺川说。

贺川愈来愈不设防了。

"告诉你，就只有招供而已。就我个人的感觉，我认为招供并没有证据能力，但我前辈是招供至上主义者，说只要让嫌犯招认就解决了——啊。"

刑警捂住了嘴巴。

"可是，据说本人如此声称，说他们是男女朋友。可是啊，这种事要怎么说都成嘛。"

"意思是，他有可能撒谎？"

"不，也不是撒谎，或许是男人的妄想啊。有些人明明是单相思，却硬要说是两情相悦。而且对方已经死了，死无对证。死人不会说话。"

"或许吧……不过，动机和经过姑且不论，关于罪行本身，并不需要招供吧？他不是以现行犯被逮捕吗？"

"不是。"

原来不是吗……？

"他只是拿着凶器站在现场，所以不算现行犯逮捕，而是紧急逮捕。没有人目击到他实际下手。"

"可是被害者的母亲……也在现场吧？"

"没有。"

"咦？"

这也不对吗？

"这不是什么秘密，我就告诉你吧。"贺川露出恐怖的表情，"警方并不是什么事都要隐瞒。告诉一般民众，上司应该会生气，不过，这里就只有你跟我嘛。你是好心提供线索的民众，又不是证人。警方要求民众无条件协助，自己却一个字也不透露，实在说不过去。这不是审问或侦讯，也没有做笔录，不被发现就不会有事吧。我相信你。"

说到这里，贺川瞪大了眼睛看敦子：

"片仓势子女士是报案者。她人在现场，但行凶是在报案期间发生的，她并没有目睹宇野杀害女儿的现场。"

"报案……"

敦子完全没有想到这件事，但行凶之后，凶手不可能呆呆地站在原地等警察到场。应该有人报警了。那么……

"势子女士她……嗒，那里不是什么都没有吗？空无一物。那处棒球场没有任何照明，路灯也没几盏，四下一片漆黑，才会有路煞出没。上次的凶案之后，警方增加了巡逻次数。当时巡警骑着自行车在巡逻，看见一名和服妇人脸色大变地跑过来，说女儿要死了……"

"不是被杀？"

"是要死了，这是巡警的说法。巡警惊慌失措，赶到现场一看……"

行凶已经结束了吗？

"可是就算是这样，母亲也是告诉警察宇野先生要杀害女儿吧？"

"是……这样吗？"贺川语气犹疑。

"不是吗？"

"是，又像不是。听说片仓势子女士不断地重复刀、刀。刀、刀，我女儿要死了，我女儿会死掉。她并没有说是宇野杀人。"

"可是……"

这不管怎么听，都是在说宇野要行凶杀人，不是吗？刀不可能自己砍人，事实上刀就在宇野手上，所以不是一回事吗？

"嗯，赶到现场一看，人已经被一刀砍死了。母亲整个人陷入错乱，完全搞不清楚是什么状况。巡警慌忙呼叫急救……噢，他觉得人或许还没死。如果死了，就应该保护现场，叫鉴识人员，然后紧急逮捕宇野。母亲跟着女儿一起去了医院，宇野两三下就自己招了。嗯，一般来说，事情这样就结束了。"

贺川双手拍了拍自己的脸，然后慢慢地把手指放下来，看起来像是在把脸拉长。

"但没有结束吗？"

"母亲应该是陷入错乱了，她说'不对，不是宇野先生'。警方问那是谁，她的回答却完全不得要领。当警方告诉她宇野已经招了，她好像就接受了。"

"不是……宇野先生？"

难道现场还有别人吗？

"没有别人了。"贺川说，"警方也查过脚印了。现场只有女学生的皮鞋、宇野的大靴子，还有母亲的夹脚平底拖鞋。剩下的是巡警的鞋印，所以当时没有其他人了。也就是说，嗯，凶手就是宇野，对吧？"

应该是这样吧。

"那您是哪里不满意？"

"我是没有不满，只是……"

不是很奇怪吗？贺川极为**不满**地说。

就是古怪啊，贺川又强调了一次。

"那对母女和宇野为什么会跑去那种地方？"

敦子也对这一点感到疑惑，只要稍微一想，每个人应该都会心生疑念。但会这么感觉，是因为报道中完全没有解释这一点。然而负责本案的刑警，应该掌握了某种程度的相关事证，怎么也会说出这种话？

"为什么？"敦子问。

"嗯，宇野供称他和被害者的母亲一起送返家的被害者回学校。春子同学本来预定在家过夜，却突然说要回宿舍，但已经很晚了，学校附近又出过那些事，很危险，所以两人便说要送她回去……嗯，到这里都还好，可是……"

贺川眼睛瞪得更大了。

"那里确实很危险，但如果宇野就是路煞、杀人魔，那宇野本人就是破坏治安的罪魁祸首，不是吗？而且怎么会带着日本刀一起走？被害者家是刀剑铺，有日本刀很正常，但一般会随身带着日本刀在路上走吗？不会吧。"

是累积了太多愤懑吗？不，应该是有太多想说的话，却无法倾吐吧。

贺川宛如洪水决堤般滔滔不绝起来。

"太奇怪了，你说，怎么不奇怪嘛？而且这样的三个人，带着那种玩意儿在路上走，再显眼不过了，会被警察抓起来的。都没人注意到吗？"

"他们从下谷……当然是搭电车过去吧？中间也要换车吧？"

"要换车啊。"贺川歌唱似的说，"一路上却没有任何人目击到他们。我觉得和服妇人、拿日本刀的年轻人和女学生的组合，应该相当醒目才对。如果分头乘车，或许没什么特别的，但那样就没有护送的意义了。而且带着日本刀的宇野就算单独一个人，应该也很惹人注意。"

"会不会是看不出是日本刀？应该装在袋子或盒子之类的东西里面吧？"

"这一点也很奇怪！"贺川大声说。

门上的玻璃窗露出女警讶异探看的脸。

贺川似乎没发现，敦子对着小窗客气地微笑。

"告诉你，现场没有那种东西。"

"没有容器？我对日本刀不是很熟悉，但日本刀不是都存放在桐盒里……即使是带着走，也会像剑道的竹刀那样，用长袋子之类的东西装起来吧？"

"日本刀根本不能随身带着走。"贺川说。

说得没错。

"本来就不行吧？可是，宇野说他是直接带来的。刀当然是装在刀鞘里，刀身并非直接裸露。可是，我没听过这么离谱的事。现在是幕末时代吗？'枪炮刀剑类持有禁令'当中的刀剑类也包括了日本刀啊。而且明治时代早就发布过'禁止佩刀令'了吧？现在都已经昭和时代了，没有人佩刀，要是佩刀在街上走，就会被抓起来。片仓家是做刀剑生意的，登记在册的，运送日本刀应该也是业务的一环。但宇野只是个员工，说他可以带着刀在街上走却没事，我可无法接受。可是事实上他就把刀带到现场了，应该真的就像他说的吧。不，是这样没错，可是还是觉得很奇怪。我怀疑他根本没有带着刀。"

实在教人头大——刑警发起牢骚来。

敦子没空听牢骚。

"关于这部分，宇野先生怎么说？"

"噢，他说因为治安不好，说带刀是护身用。这意思是如果遇到路煞，就要拔刀应战，对吧？遇到试刀手的话，就要上演真剑厮杀吗？又不是丹下左膳或者鞍马天狗。倒不如说，路煞不就是他自己吗？太离谱了。不过被害者的母亲也在，总不可能说我就是路煞，所以……是用这话当借口把刀带出来的吧，应该是这样。"

原来从一开始就带着日本刀吗？

纵使真的是情侣争吵，冲动之下行凶，那表示吵架的时候，凶器已经在手上了吗？或是在发生争吵前，两人的关系便已经破裂了？

不过这都是以两人在交往为前提。

"也就是说……他从一开始就打算杀害被害者，带着凶器出门吗？"

"不是，他说他其实是要去试刀的，并不打算杀害春子同学。也就是送春子同学回学校，顺带随便找个人下手。这简直太荒谬了。结果在杀害路人之前，就先把自己的同伴给砍了。"

这……确实令人不解。

"他说反正要去平常下手的现场附近，所以回程的时候就顺带砍一下好了。说得可真轻巧。这样说或许不庄重，但也是有这种事吧。不……"

贺川举手做出遮挡的动作。

"这太不寻常了。不可能有这种事。绝不该有。不过，我不可能理解路煞在想什么。我不喜欢刀，也很讨厌刺刀训练。"

连剃刀都觉得可怕——贺川摩挲下巴说。

"不过，假设他拿刀出来，是基于他说的那种动机好了，就算把春子同学平安送回学校，身边还有片仓势子啊。他打算怎么处置她？说自己还有事，叫她先回去吗？来到必须带着刀护身的危险场所，却叫妇道人家自己一个人回去吗？还是说我接下来要做见不得人的事，你要当作没看见？"

"确实太勉强了，不过关于这一点，贺川先生以外的人有什么见解？"

"很简单啊，他们说宇野应该没想那么多。事实上宇野就是当着片仓势子的面行凶的，或许真的什么都没想……不，这怎么可能？不可能，绝对不可能。如果他是这种脑袋空空的家伙，应该早就落网了。他可是攻击了六个人，其中死了三个人呢。"

"关于这一点……那把凶刀和其他的……"

贺川似乎察觉敦子想问什么，没等她说完就回答了：

"错不了，那就是其他路煞事件使用的凶刀。"

关于这部分，贺川斩钉截铁地断言。

"根据是什么？"

"刀上验出血液。刀刃的部分磨过了，但就算从研磨的状况判断，也可以看出最近刚砍过东西。然后那个，握的地方叫什么？刀柄吗？那里不是扎着东西吗？像布一样的东西，类似真田编带的样式。我是不清楚那叫什么，总之上面验出之前的被害者的血迹。那是编织的绳带，光是擦拭表面也没用，都渗进去了。验出来的血迹，和这次的被害者不同。验出三个人的，和之前的被害者的血型相符。"

"也就是说，即使撇开宇野先生是不是凶手不说，那把刀可以确定就是昭和试刀手事件所使用的凶器，是吗？"

只有刀。

"只有刀是真凶。"贺川说。

"刀……吗？"

"刀不是人，所以不能说是真凶，可是，被害者的母亲不是也说了？刀、刀……"

刀。

刀，刀。

刀……杀人。

"是刀啊。"贺川说完垂下头去，"啊，抱歉，我太激动了。我身为司法警察官，对警察这个组织寄予全面信赖，也很尊敬上司前辈，也对身为警察官感到自豪，可是奇怪的地方就是奇怪啊。很奇怪，对吧？"

"是……很奇怪。呃，宇野先生的供词整体来说会显得不自然吗？啊，这才是不能告诉我这种一般民众的事呢。"

"我可以告诉你。"贺川腆着肚子说,"宇野坦承不讳,毫不保留。查证他的说辞,也没有谎言或掩饰。只是证词如果有什么矛盾的地方,指出'这样不对吧',他就会立刻修改证词。我得声明,警方并没有诱导他这样做。怎么说,警方的侦讯不是给人逼供的印象吗?但我们不会这样。我们才不做那种非法勾当。倒不如说,他会主动说明。可是怎么讲,我听起来就觉得他在陈述时会考虑警方的立场。我对上司这么说,结果挨骂说哪有什么立场不立场,他讲的是事实就好了。说得没错。可是就是奇怪啊,太奇怪啦。"

"动机……呃,连环路煞事件那边的……"

"供词吗?他说什么一直盯着刀看,就想要拿来砍个人看看。听听这是什么鬼话。要是说路煞就是这样的,或许是无可反驳啦,可是他是哪个时代的剑术大师?就连说书里面也没有这种疯狂的武士角色。再说,什么想要砍个人看看,哪有这种恶鬼似的人——或许是有吧,但我无法理解。"

——鬼吗?

"我请教个问题,贺川先生,当然我不会说出去,如果不能透露,不用回答也没关系。就亲自讯问的贺川先生的感觉来看,宇野先生……是清白的吗?"

贺川把嘴巴拉成一字形,接着嘴角垮了下来。

"我不认为他是清白的,杀害片仓春子的应该是宇野。但他是不是路煞事件的凶手,我觉得非常可疑,说到底跟证词兜不拢。"

"证词……?"

"有一半的被害者没死啊。"贺川说。

"第一个被害者左臂被砍伤，像这样……"

刑警指指自己的手臂。

"报上说是上臂，但其实是这边，手肘下面的部位。虽然没被砍断，但也没法接回原状了。"

贺川看起来很不甘心。

"是报纸写错了吗？"

"问题就在这里。也不是写错，是解释的问题。嗯，警方在记者会上，是说擦身而过时，手臂遭歹徒砍伤……"

贺川将右手水平挥过去。

"警方是这么说明的，而人都会拿自己当基准来思考，不是吗？听的人觉得被害者和加害者身高应该都和自己差不多，所以位置大概是上臂——记者应该是这样解释了。"

或许是这样。

"实际上人有高有矮，被砍的位置更……怎么说，更下面一点。被害者说对方直冲而来，擦身而过的瞬间被砍，根本不知道发生了什么事。"

"没看到长相吗？"

"当时天色很暗嘛。而且都什么年代了，怎么也料不到会遇到拿刀砍人的疯子。被害者是三十二岁的烤番薯小贩。善良的烤番薯小贩。他叫卖烤番薯直到深夜，应该是受凉了，想要撒个尿，就放下摊子，走进小巷，虽然不值得赞许，不过也没公厕好解决嘛。他随地小便完正要往回走，结果就遇袭了。听着，被害者可不是攘夷派的不法浪士，只是个卖烤番薯的。他应该没想到是挨刀了，所以整个人陷入错乱，什么都不记得了……"

第二名被害者是五十二岁的公司董事，贺川说：

"同样是报纸写错了。被砍断左胳膊的是烤番薯的小贩，但这个人不是。实际上是从右胸下侧到侧腹部被砍。"

是这里——贺川说，举起右手，用左手指着自己的腋下一带。

"这部位也是，如果不是像这样摆出高呼万岁的姿势，很难砍到，会被上臂挡到。所以了，记者可能以为是连手一起砍断了吧。不过他的伤势最轻。"

"伤势很轻吗？"

挨刀的部位确实有些奇妙。

"那他的手呢？"

"手平安无事。这个人说是公司董事，其实是搞土木建筑出身的，以前是鹰架工人，所以是个很健壮的老爷子，胆子也很大。虽然被砍，但刚强地想要抓住歹徒，可惜歹徒手脚很快，让他给跑了。因为老爷子以为只是普通的强盗。他好像只顾护住皮包了，像这样……"

贺川做出用右手抓东西的动作。

"喏，想要抓住对方，却抓了个空，歹徒从腋下溜走了。"

"歹徒是蹲着的吗？"

"对，老爷子也说歹徒应该是蹲着的。不过第一个人的时候，歹徒是迎面跑来，砍人后跑掉。但这次不一样，是从暗处忽然冒出来，挥刀一砍，然后溜走。老爷子想要追，但血流如注，所以大声呼救，有路人听见，约十分钟后警察就赶来了。伤势不重，救治得也快，所以保住了一命。遇到这种倒霉事，实在不能说幸运，但保住一命，真的是不幸中的大幸。"

贺川闭上眼睛。这是一个善良的男人。

"然后，现场旁边据说是歹徒原本潜伏的树丛，确实有人待过的痕迹，可是……"

那树丛很矮，贺川说：

"第三个是十八岁的工人。这也一样，报纸说伤在左侧腹，但完全是错误信息，实际上是右胸，从比第二个人更上面的位置斜砍下来。这个人被砍之后立刻前倾倒地，但意识清楚，倒地前回头看到了逃走的歹徒背影。他说歹徒……"

个子矮小，贺川说。

"个子矮小？"

"宇野身高六尺。有六尺之高，一点都不算矮小吧。要说矮小，再怎么高也是我这种体格。我小的时候，绰号就叫'小不点川'，是小不点哦。实际上，我在第二起案子的现场树丛里蹲下来过，勉强可以藏身。可是，部下里有个高大的家伙，他就躲不进去了。就算把头缩起来，肩膀以上还是会露出来。当然，案发当时一片漆黑，要说无所谓，或许是无所谓，反正都看不见。但躲的人不知道对方看不看得到，敢这样半吊子地随便躲吗？"

不敢，绝对不敢，贺川说。

敦子什么都没问，但这名矮小的刑警似乎打算一吐为快。

"第二名被害者，土木建筑商老爷子也是个大块头。一开始他在医院躺着，所以没发现，站起来一看，虎背熊腰的，我都得抬头仰望了，因为我是个小不点嘛。然后我就想了，如果我是歹徒，就算不弯身，只要头一缩，就能从老爷子的腋下钻出去……"

"也就是说，歹徒**个子很矮**吗？"

贺川霎时间沉默了。

是没有把握吗？不，即使有把握，也无法断言吗？

"然后——"

贺川没有回答问题，继续说下去。

"回到前面，第一个被害者烤番薯小贩的手。如果我像这样拿着刀，擦身而过的时候砍下去……"

贺川做出架刀的动作。

"因为是擦身而过的时候砍，所以刀是打横的，砍到的位置刚好就在手肘这边。伤口几乎是水平的，所以应该就是像这样砍的。不过实际的伤口还要更下面一点，在手肘下面，由此可见，砍人的家伙比我还要矮吧？我看看……大概就跟姑娘差不多高吧。相当矮小。我自己虽然是小不点，但比我更矮的男人多得是。所以我一直认为凶手一定是个小矮子。"

贺川站了起来。

"看，如果比我还矮，以男人来说，就是小矮子了吧。目击证词也是，虽然每个人都各讲各的，有的是误会，也有看错的，应该也有瞎扯的，不过大概七成左右，都说是个矮小的男人。说看到一个小矮子拿着刀跑掉……"

之前贺川说市民提供的消息不容忽视，就是指这一点吧。

确实两相矛盾。

"而宇野先生……个子很高？"

"算高吧。战后的年轻人一下子抽高了。"

贺川自己也还不到三十，敦子觉得他还在年轻人的范围内。

"像我，如果个子再矮一点，搞不好就在征兵检查的时候被归到丙种了。现在的年轻人应该全都是甲种吧。哎，不会被征兵，或许才是幸福的。"

贺川清了清喉咙，再次坐了下来。

"里面也有些线报说是大汉。因为试刀手这种怪绰号流传开来，很多人都认为凶手定是一副穷浪人打扮，警方接到发现歹徒的报案，跑去一看，结果却是东西屋[1]。"

刑警做出敲鼓的动作。

"是因为名号叫试刀手，年代感十足吧。也有人以为就像新选组、天诛组那样的，目击这类人影的人也不少。噢，如果我是歹徒，才不会穿和服行凶哩，那太难跑了。"

敦子想起了哥哥。

哥哥总是一身和服。

"所以了，我说警方因为收到的情报而陷入混乱，就是这个意思。被害者的伤势和证词，与嫌犯的条件并不一定吻合。我认为这是个很大的问题，但也有些目击证词符合嫌犯的外貌。当然，也收到不少和被害者说法相近的情报。"

"警方的见解是什么？"

"警方认为身材高矮是主观问题。说看在高个子眼里，每个人都是小不点；在小矮子眼中，每个人都像巨人。或许是这样啦……"

---

1 东西屋，化装广告员，专职为商店开张、商品发售、电影戏剧演出等做宣传的街头艺人。为引人注目，东西屋一般都化装后沿街吹打乐器。——译者注，全书下同

贺川摆出有些懒散的态度，但很快又恢复严肃。

"但我自己虽然是个小不点，也还分得出中等身材和高个儿，也不会觉得走在路上的人每个都是大块头，对吧？"

"这一点我认同。"

"就是说吧？逮到嫌犯，也有目击情报来佐证，这样很好，没有任何问题。但相对地，也有和这些南辕北辙的目击证词。我觉得直接把这些排除似乎不太对。嗯，也是有不少像是把东西屋看错这类必须剔除的情报，没办法要求所有的说法能都整合起来。但为了把宇野移交检方，连被害者的证词和现场状况都抹掉，不会过于取巧了吗？"

"这一点我也同意……但贺川先生自己是什么看法？"

"我不知道。"

贺川声音微弱地说完，萎靡下去。

"我实在不知道啊。但我身为公仆，无法原谅这一连串命案的凶手。假设——只是假设哦，有那么一丝宇野不是真凶的可能性，不把这些疑虑彻底厘清，我就无法安心。一想到万一抓错人的话……"

"担心会造成冤案？"

"不，负责审判的是法院。检察单位也是会做事的。这是由人来审判一个人，过程很谨慎的。即使我们弄错了，检方和法院还是有机会订正过来。不过，也不是说第一线的我们就可以随便弄错。我们警方的侦办绝对不能草率。听着，撇开抓错人、冤案那些问题不谈，万一真凶另有其人，那家伙现在仍然逍遥法外啊。我担心的就是这一点。"

贺川说，嘴唇抿到都挤出皱纹来了。

"第四个以后的被害者全都丧命了呢，知道吗？这不是强盗或伤害，而是无、无差别连环杀人事件啊！"

贺川就像要平息激动，面庞颤抖，接着转换心情似的接下去说：

"失态了。然后，第四个被害者是女的，那叫袈裟斩吗？被一刀砍死了。被害者是在战争中失去丈夫的四十岁寡妇，带着两个孩子，做家庭手工过日子。她把贴好的袋子送去交货，在回程遇劫。遗憾的是，当时几乎没有人路过，所以发现得太晚，送医的时候还有呼吸，但没多久就因为出血过多断气了。两个孩子趴在遗体上大哭的模样实在太可怜了，我好不容易才忍住没让眼泪掉下来。那真的是恶鬼的行径。"

贺川似乎有些红了眼眶。

"第五个被害者是二十岁的缝纫女工，回家参加法事，回缝制工厂宿舍的路上惨遭杀害。"

"她是……一个人吗？"

"一个人。不过当时巡夜的就在附近，听到惨叫声跑过去一看，吓得腿都软了，大喊'试刀手！试刀手出现了……！'。现在到底是什么年代啊？报纸怎么不取个像样点的称呼？……总之，巡警也立刻赶到现场，但已经迟了。"

人在送医的路上就断气了——贺川遗憾地说。

"几个被害者之间有没有关系……？"

"没有没有。"贺川挥挥手，"警方彻底调查过了，找不到任何关系或共通点。第六个被害者是附近澡堂烧水的，六十二岁。

澡堂打烊后，他去喝了一杯，好像正在散步醒酒。一样是袈裟斩，连肋骨都砍断了，似乎是当场毙命。这边是直到早上才发现尸体。喏，你有什么看法？"

"愈砍愈顺手了。"

"哈！"

贺川瞪大眼睛，有点像爬行动物。

"原来如此，我倒是没想到……"

"一开始是冲上前来，助跑砍人……所以一定就像贺川先生刚才示范的动作吧。但人是有手的，所以砍到了手，没砍到身体。所以下一次先躲起来，跳到身前砍。但伤口依然很浅，所以和对象的距离应该还是太远。就像斜斜地扫过去一样吧，这样砍不到多少。"

"像这样，是吧？"贺川做出砍人的动作。

"对。第三人从更上面一点往下砍。应该是想到可以利用刀本身的重量，不过距离应该还是不够近，没能造成致命伤。"

"确实如此呢。"

"到了第四人，总算像这样，踩进适当的距离内，举刀挥砍，摸索出这样的形式。"

"原来如此，你说的是。"

贺川交抱起手臂。

"我原本猜想这是在掂量被害者的身高。第一个随机挑中的烤番薯小贩被砍伤了手臂，所以歹徒猜想如果再高上一些，对方举手的时候就可以砍到侧腹部。可是如果不是擦身而过的时候砍，就没有意义了。只是浅浅地砍伤胸部和腹部不够，于是歹徒想到如果从上往下砍的话，对象矮一点比较好，所以接下来挑了矮一点的人攻击，但还是不成，所以又挑了更矮的下手。两个女人和烧水的老头子都很矮小。老头子如果挺直身子应该也不算矮，但他弯腰驼背的，挺不直，个头比我还要矮。"

"这应该也是考虑之一吧。"敦子说，"不管怎么样，歹徒都在不停试刀。"

"反复实验、学习，精益求精。也就是说……"

"是个门外汉。"贺川说，"嗯，这年头几乎没有人会拿日本刀砍人，从这种意义来说，每个人都是门外汉吧。刺刀这东西也只是拿来敲打，不管是军刀还是官员的佩剑，几乎都只是装饰品。学武术的人是会拿来砍东西。我们以前也被逼着学剑道，但也只是挥挥竹刀而已。不过新年期间，剑道老师会砍些什么表演给我们看。一刀两断这样。因此如果是练过剑术的人，不可能砍得这么蹩脚。凶手是没有碰过刀的人。"

"那宇野先生呢？"

"宇野……熟悉刀剑。"

"是指通过片仓同学家里开的店吗？"

"对，他在片仓刀剑铺好像也做了一年左右的学徒。也不是领固定薪水，嗯，可以说是类似食客的身份吧。他好像不觉得自己是在那里上班。片仓家只有女人，他就像是保镖吧。那样的话，这保镖未免太可怕了……问题是这之前。"

"报上说他以前是车床工。"

"对，他是车床工，但也不是正式员工，类似见习生。问他在哪里工作时，宇野想了一下，说了那家工厂的名字。简而言之，他有正式工作，或是有固定上下班的地方，就只有那里而已。宇野是日本刀磨刀师的弟子。"

"磨刀师……？"

"对。宇野是战争孤儿，原本过着像流浪儿童般的生活，被磨刀师收留，十二岁的时候拜师入门，修行了五年，直到十七岁，在十七岁时被逐出师门。被逐出师门的理由不清楚，好像也不是因为素行不良。证据就是，虽然他被逐出师门，却也没地方可去，就继续住在师傅家里，后来师傅的熟人介绍工厂工作，他就从师傅家去工厂上班。"

"明明……都被逐出师门了？"

"对。如果是素行不良，应该会把他赶出去吧。都十七岁了，要去哪里工作都成。磨刀师都把他拉扯到这么大了，没义务再继续照顾他，却也没把他赶出去，这个嘛，应该是本事太差劲，没有成才的指望吧，这一点不清楚。不过如果是品行有问题的话，一般都会在逐出师门的同时赶出家门吧。"

"他们没有血缘关系吧？"

"是完全无关的人。所以我猜想，宇野这个人怎么说，虽然老实，但做事不得要领吧。他虽然进了工厂，但也不擅长操作机器，工作也迟迟学不会，都待那么久了，却一点都派不上用场。车床这工作对手脚不灵活的人来说非常危险，所以就愈来愈少去了，慢慢地也就不去了吧。因为还没有正式雇用，所以宇野本人也没有被开除的感觉。"

美由纪说可能没有正式辞职，看来正确地说，是没有被正式雇用。

"听说片仓同学家是那名磨刀师的客户。说客户好像也有点不当，怎么说，两边有生意往来。因为是刀剑铺和磨刀师嘛。所以彼此也认识吧。好像是片仓势子主动对宇野说，如果你没事的话，就来店里帮忙。"

即使和剑术无关，际遇也和日本刀缘分不浅。

"然后宇野趁这个机会，离开磨刀师的家，在下谷租了公寓，开始独立生活。但他好像几乎都待在刀剑铺里。总之就是这样，虽然他做事不得要领，人也笨拙，但应该很熟悉刀剑类……"

"就算熟悉刀剑，和剑术也是两回事吧？就像制作乐器的师傅虽然熟悉乐器，却不一定就是演奏高手。再说，即使精通剑道，砍练习用的靶子和真人，应该也完全不同。所以这实在……"

研磨。

磨刀。

"怎么了？"贺川问。

——对了。

"刀如果拿来砍人什么的，就会损伤，对吧？"

"对……应该吧。电影什么的都一个接着一个砍，但其实没办法砍那么多个。刀会磨损，像刺刀，一下子就会折弯了。就算是高级日本刀，是啊，事实上顶多只能砍个两三人吧。"

"应该就是这样，不过砍人之后如果不保养……就会严重磨损吧？"

"噢，可是片仓家是刀剑铺啊。保养刀剑是他们的看家本领吧？会用那种看起来像掏耳棒绒球的东西轻弹刀身。"

"不是的。"敦子说，"凶器不是**磨过**吗？您刚才这样说，对吧？凶案在四个月之间发生过六起。这段时间如果什么都不做，刀就会钝掉。而且我也听说过人体的油脂会腐蚀钢铁。如果凶手刀法笨拙，刀应该也会磨损。刀一定打磨过。那……到底是谁磨的，宇野先生吗？"

"啊……"

贺川张大了嘴巴。

"呃，是谁呢？就算宇野有磨刀的技术，也需要工具。需要磨刀石那些呢。应该没办法用一般家庭磨菜刀的磨刀石。刀剑铺有那种工具吗？感觉好像会有。不，片仓刀剑铺都把刀送去给人磨，所以没有吗？不不不，可是宇野都被逐出师门了，他的磨刀技术应该很差劲……咦？"

"如果送去给人磨刀，磨刀师应该看得出那刀砍过什么吧？这表示磨刀师一直保密不说，对吧？更进一步说，委托磨刀师的人就是凶手，或是认识凶手的人……不会是这样吗？"

"那样的话……"

"凶手果然是宇野吗？"贺川抱住了头，"不，就是宇野。可是……不，那个磨刀师……"

贺川打开记事本。

"大垣喜一郎吗？那个老爷子……包庇宇野，替他保密吗？是这样吗？"

"大垣喜一郎就是那位磨刀师吗？他住在哪里？"

"这附近。我们只是去查证宇野的证词，没有详细多谈……是啊，那刀研磨过嘛。原来如此，就是嘛。"

贺川翻页。

"不，一切都符合宇野的供词，而且他也已经招供了……可是……"

手停住了。

"鬼刀。"

"什么?"敦子反问。

"渴望人血的鬼刀……鬼吗……?"

贺川说完，就此沉默。

3

"实在是……可怕极了。"

美由纪这么说。

这里是儿童屋的店门口。

时间已是午后，店头的老太婆却还在一边啜茶，一边啃饭团。或许那不是午饭，而是茶点。无尾巷里，三个小孩正用小树枝在地上画图。空地有两个戴学生帽的孩子在玩竹马。

这是星期一的下午。玩竹马的是小学一年级学生吗？美由纪说考试已经结束，学校因为要准备迎接新生，今天只上半天课。

木桌上摆着两只厚玻璃杯，盛满了色彩刺眼的黄色液体。

里面装的是名为蜜柑水的饮料，但原料当然不是蜜柑，而是以来路不明的药品染成黄色的液体。是刚才老太婆停下吃饭团的手，从大瓶子里用长柄勺舀出来的。一合五日元。

这玩意儿从很久以前就有了，但敦子从来没喝过。不是基于一般所说的不卫生、不健康、成分不明等理由而不喝，而是因为敦子儿时在京都长大。当然，京都应该也有这种饮料，但不幸的是，敦子身边没什么这类店铺。只是这样而已。美由纪好像常喝。

而且美由纪还啃着醋鱿鱼串。用这副模样说可怕，也毫无迫切感。

敦子就缺少这样的天真无邪。

——比较。

净是在比较。敦子这么感觉。与自己相似、相异之处。每次见到美由纪，敦子便下意识地寻找她和自己的异同之处。她不明白为什么。

"你看起来不怎么害怕。"

敦子说，美由纪嘴里含着鱿鱼，露出困惑的表情。

"不，我是真心的。"

说真心也很怪——美由纪说，喝了一口蜜柑水。

"那组合不奇怪吗？"

"或许有点怪，但味道我都很熟了，没关系。"

"你说的没关系，不是指这组合对味，或是好吃吧？"

"好吃……应该说，嗯，我可以接受而已。"

"可以接受？"

请别管这醋鱿鱼了——美由纪说。

"这糟糕的酸味和淡淡的海味，让我想起故乡。我爷爷是渔夫。不过应该没捕过鱿鱼……还是有？"

"倒是……"

有什么新发现吗？

昨天美由纪拜访了片仓刀剑铺。

店面关着，没见到被害者的母亲，但和认得她的附近邻居聊了一下。

"有的。住隔壁的老奶奶，姓保田，她经常打扫玄关，我和春子学姐一起回家时，碰见过几次，也会打招呼，所以她记得我。"

保田奶奶看到美由纪，"啊"了一声，立刻泪水盈眶。

"春子学姐的事似乎让保田奶奶非常震惊。案发以后，她好像一直很担心，但说都没有人回来。"

"母亲……也没有回去？"

"好像回去过一次，但保田奶奶说她实在不知道该说什么才好，磨磨蹭蹭的，结果学姐的母亲立刻又出门了。人看上去相当憔悴，仿佛随时都会倒下，所以让她很担心。"

"应该是吧……"

店里的员工杀死了自己的女儿，如果还能表现如常，那才叫反常。

不过片仓势子是去哪里了？虽然是被害者的母亲，但一定是重要证人。警方知道她在哪儿吗？

"所以保田奶奶请我进家里坐，告诉我许多事。保田奶奶独居。她从出生就住在下谷了，所以已经住了八十五年。"

"她……年纪这么大？"

"就是啊。可是人还很硬朗。她说在东京大空袭的时候失去儿子和儿媳，孙子则是战死了，所以她现在孑然一身。战前她是教长歌的师傅，本来好像是艺伎。"

"是花柳界出身呢。"

"那叫花柳界吗？我孤陋寡闻，都不知道。然后她说以前住隔壁的片仓奶奶——春子学姐的姑婆，以前也是艺伎。"

"姑婆的话，是祖父或者祖母的姐妹吗？"

"是的，是学姐祖父的妹妹，片仓柳子。以前是日本桥的艺伎，年轻时候好像很美。对了，敦子小姐知道浅草十二楼吗？"

"知道是知道……"

当然，没有看过。

那楼在敦子出生前就已经倒塌了。

听敦子这么说，美由纪说了句"这样啊"，露出觉得不可思议的表情。

"因为，美由纪同学，浅草十二楼——凌云阁，在大正时期的大地震时就倒塌了。那已经是三十多年前的事了，当时我还没出生呢。"

"我连有十二楼这东西都不知道。"美由纪说着缩了缩脖子，"那是什么样的建筑，我完全无法想象，不过听说很受欢迎呢。那么高的建筑物，就连现代都难得一见。真想上去看看。不知道能看到什么呢。"

当时……看得到什么呢？

凌云阁完工于明治二十三年（一八九〇），在当时是日本最高的瞭望塔。在明治中期打造出十二层楼高的建筑物，光是这件事就够让人惊奇了，它甚至还配备升降电梯，应该是集明治时期最尖端的建筑技术于一身、令人叹为观止的瞭望楼。

但电梯只能升至八楼，再往上便经常出故障，几乎没在使用的样子。负责设计的外国建筑师似乎没考虑到要设置电梯，所以电梯是后来添加上去的，是临时设备。

但包括避雷针在内，距离地面两百尺高的眺望景观，似乎还是深深地吸引了人们。据说从瞭望室能够瞭望关八州的山景，所以应该能将整个东京市一览无遗。确实，从当时的绘画和照片来看，凌云阁的周围什么都没有。不，当然有建筑物，但几乎都是贴地而建，凌云阁看起来就像插在平地上的一把剑。

敦子认为，实际上应该没有想象中的那么高。

能看到远方群山，最主要的原因是视野良好吧。不是因为凌云阁够高，只是周围的人造物太矮了。虽说有两百尺高，但打横来看，根本不算多长的距离。虽然敦子也认为竣工当时应该让人耳目一新。

都是六十多年前的事了，当然很新奇吧。

凌云阁作为东京新名胜，曾盛极一时。但据说到了明治末期，访客数量开始减少，当地的风气亦随之败坏。凌云阁底下的餐饮街沦为私娼窟，甚至出现"十二楼下的女人"这个隐语，暗指妓女。尽管似乎依然是观光名胜，但聚集的人变质了，量也少了。就仿佛被浅草这块土地所具有的某种猥琐的力量所侵蚀，凌云阁尽管身为观光名胜，却开始染上某种如遗迹般的异样氛围。

浅草一带的娱乐中心转往浅草歌剧院，也是推波助澜的主因吧。

凌云阁重新设置电梯等，意图重拾风华，成果却不尽如人意。后来开始利用其高耸的身躯，贴上巨幅墙面广告，甚至装上没品的灯饰。

明治结束以后，竣工后历经三十多年的近代化象征，似乎正逐渐沦为冒出地面的无用长物。

然后，大正大地震侵袭东京。无用的高塔崩塌了。然而……

凌云阁却未夷为平地。

十楼以上的木结构倒塌，也发生了火灾，但砖砌的高塔本体并没有烧起来，八楼以上坍塌了，下面的部分仍死缠烂打地保留了下来。

地震发生时，塔里的客人只有十二名，除了一人以外，其余十一人都丧生了。

这是一场死伤人数超过十万人的大灾难。如果凌云阁一带仍如同往昔那样热闹，受害人数一定多得多。敦子不知道该如何看待"十一"这个数字。

几乎整个东京都遭到毁灭性的摧毁，陷入一片火海。

在瓦砾和灰烬的荒野中，凌云阁的残骸仍屹立不倒。

就宛如鬼头上的角。

东京市将凌云阁认定为危楼，派遣工兵队将其炸毁。

但据说即使如此，凌云阁仍化成缺损的尖爪一般，杵在地面。

第二次的爆破，终于将象征明治时期的东京的高塔彻底破坏了。因此正确地说，凌云阁并非在地震中倒塌，而是被人工摧毁的。

敦子是通过采访知道这些事的。

以前她写过一篇电梯在日本的改良和普及的报道。

不管是后来才装上去的还是怎么样，无论如何，日本第一部升降电梯就是设置在凌云阁。她当然必须调查一番。

但敦子却没法像美由纪那样自然而然地接受凌云阁。

对敦子而言，凌云阁就像是伫立在前近代与近代的狭缝间的空中楼阁。这座从旧时代伸向新时代的异形之塔，从新时代看过去，只不过是从虚空中伸出来插入地面的旧时代的楔子吧。

留在纪录中的凌云阁，对敦子来说绝对不是个欢乐的场所。它从一开始就是个废墟。就她的印象，凌云阁就像是中世纪的罗城门，或是没有城主的废城。当然，在最上层筑巢而居的，不会是人。

它俯视着下界。不……从砖瓦间的小窗、从瞭望室的望远镜窥看着下界，就宛如观看街头的西洋镜一样。

那虚无之塔的主人是虚无。

遭到新旧两个时代排斥的浅草十二楼，充满了虚无。

据哥哥说，鬼就是**空无**。

不是不存在，而是呈现**空无**这样的形态。

那么，虚无就是鬼。

敦子认为，所谓娱乐设施这些装置，普遍都带有一丝阴暗的成分。因为这个国家的文化不知从何时开始，就让游乐这样的行为肩负起悖德的部分。

但敦子觉得凌云阁所怀抱的黑暗比这更深。她强烈地感觉到，不必要地高耸但其实又不怎么高耸的塔中，密封着被近代和前近代排斥出去的无用之物。

凌云阁是耸立在明治与大正这两个动荡而蒙昧的时代的亡灵之塔。

对敦子来说，那或许甚至已经不是建筑物了。

凌云阁是刺入焦土中的鬼爪，或是鬼角，是这类东西。它的存在本身根本不属于这个世界。

它已经不存在了，所以这或许是当然的——但即使它依然存在，敦子也不会像美由纪那样想要登上去一看究竟。

美由纪说这么高的建筑物难得一见，可是同样高度的建筑物，现在随处都是。建筑物的高层化，往后应该会继续加速。人将可以登上更高、高到不可想象之处。

那么，那也无妨。

她并不想爬上不存在的鬼的居处。

——不知道能看到什么……是吗？

"好像就是可以看到附近的东西。"敦子应道。

"附近的东西？"

"嗯。应该看不到什么特别的景物吧。远处的山脉，只要爬到视野不错的高台，本来就可以看到。现在也是，可以看到这么多变得高耸的建筑物不是吗？富士山的话，就算在平地，有些地方也看得到。有些土地，就连随便一处坡地，标高都比十二楼的最高楼还要高，所以看得到的远景都一样吧？大地震之前的话，木结构平房应该比现在更多……"

"那样的话，视野应该很好呢。"美由纪说。

"是这样没错，但也就是只能看见一堆屋顶吧。不管往哪里看，全是鳞次栉比的屋顶。再远一些的远景也没什么不同。所以应该也不是能看见什么惊人的景象。至于近景，嗯，用肉眼也能看得蛮清楚的吧。"

"这样吗？人不会变得像豆子一样小吗？而且是三百六十度全景呢。"

"我不知道在你的想象中是怎么样，但实在不可能是多壮丽的奇景。确实，可以三百六十度看到远景的地点，现在也几乎找不到，但人的眼睛也只能看到正面。除非自己移动，否则不可能同时看到三百六十度。所谓的全景，大多时候简而言之，就只是指两侧更宽一些而已。爬上凌云阁的人，也不是能得到多宽阔的视野，大部分好像都是通过望远镜观看。"

"那是为了看得更远吧？"

应该……不是。

"远方只有山和屋顶，就算通过望远镜观看，也没什么不同。所以瞭望室的游客……是在窥看。不是欣赏辽阔的景色，而是从比平时更狭窄的小洞里窥看四下。肉眼就能看得差不多了，所以如果通过望远镜观看，那要是认识的人，就可以辨认出来吧？"

"啊。"美由纪望向半空中，"说得也是呢。"

"所以我想就算爬上十二楼，上楼的人说穿了也只是在看随时都能看到的景物。"

"即使从那么高的地方看也是吗？"

"就是因为高吧。就算是一样的东西，换个角度来看，就觉得新鲜吧。不过那简而言之，就只是视点移到高处罢了呢。可以从斜上方俯视平时在平地寻常看到的东西……只是这样而已。"

"就是说呢。"美由纪有些兴味索然地说。

只是换个角度。

去看平时看到的东西。

"对不起。我这人真是一点梦想也没有。我从你这个年纪的时候，就一直是这副德行。连自己都觉得厌恶。"

虽然哥哥教训说，做梦要等到睡着的时候再做。

"我也一样。"美由纪笑道，"我有目标，但不会做梦。只是我没有上过比三楼……还是四楼吧，没有上过比这更高的高度，所以无法想象十二楼有多高而已。冷静想想，一定就像敦子小姐说的那样吧。"

"看吧，你一点都不害怕嘛。"

敦子说完喝了口蜜柑水。

说不上好喝，但也不难喝。

"不，我很怕的。"

"不过，这跟凌云阁有什么关系？"

"对了。呃，那叫什么来着？像美女排行的，还是人气投票？把美女……"

这个敦子也在采访时听到过。

"是'东京百大美女'吗？"

"对，就是那个。"美由纪挥舞着鱿鱼串，"那个好像很厉害呢。把全东京的美女照片一字排开，让大家给属意的美女投票。可是，嗯，我是觉得像那样评论美丑排高下，有点不好。"

"有点下作。"敦子说，"我认为这种选美活动，不用多久就会引发争议了。"

美由纪"啊……"了一声，露出困窘的表情。

"就是说呢。就像鱼市场竞标，还是某种品评会。不过那景象本身，不觉得很壮观吗？一百名美女的照片一字排开呢，这才是难以想象。"

被张贴在虚无之塔内侧的女人……

"那好像是一种苦肉计。"

敦子怎么样都无法说出肯定的言辞。

"怎么说？"美由纪上身前倾问。

"电梯不是出故障不能用了吗？可是塔有十二楼呢。要一路爬楼梯走上十二层楼高呢，那有意思吗？到七楼好像都有外国的舶来品商店什么的，也有休息处，但最大的卖点还是顶楼的瞭望景观吧？特地来到浅草，付钱进入凌云阁，却只爬到一半，未免太说不过去，所以还是会咬牙爬完吧。"

爬上那阴暗的螺旋梯。

宛如在蜗牛壳内前进。

"好像有窗户，所以看得见塔外的景色，但也没什么好玩的，基本上就只是在塔里不停地往上爬。冬天阳光照不进来，阴阴冷冷，夏天一定就像个大闷锅。就是要爬上这样的地方。就算爬爬停停，对老人家来说一定相当吃力。美由纪同学还年轻，或许不是问题，但是像我，比五楼再高的地方就不想爬了。"

美由纪说："就算年轻，我也不想爬啊。"这样看来，电梯一定是相当大的噱头。

"所以为了把游客引诱到最顶楼，想到可以在楼梯的墙面贴满照片。就是让人一张张品评，不知不觉被引到瞭望室……"

敦子记得这场活动，是在明治二十四年（一八九一），凌云阁竣工翌年举行。

电梯故障连连，结果好几个月都没有使用，就此作废了。

美女照的摄影师是东京摄影师公会初代会长小川一真。敦子也调查了小川的事迹。

小川曾在内务省的邀请下拍摄日全食的日冕。哲学家九鬼周造的父亲、当时任职图书寮长官的九鬼隆一男爵进行古美术文化遗产的调查时，亦请他担任摄影。此外，他也是唯一一位得到表彰、成为帝室技艺员的摄影师。

这次的百名美女摄影，在他的经历之中，应该也属于相当特异的一次。

小川一真说摄影条件不同，拍出来效果不同，会造成不公平，因此在摄影棚搭建了一间和室，让所有的模特儿都在相同的条件下拍照。

"那是美女的照片，所以这个企划的目标应该是男性游客，但当时照片这个东西本身并不普遍，而且是长三尺的大型裱框上色照片，因此似乎相当新奇。妇女好像也不感到排斥，小孩子也觉得稀罕，看得很开心……"

据说照片展示了两个月，获得三万数千人次投票。前五名得到了昂贵的奖品。

由于大受好评，凌云阁后来亦频繁举办类似的活动。"东京百大美女"应该也举办了几次。

不过，并非每一次都能有新的美女登场，结果办个几次以后，游客似乎也腻了。

"但是第一次似乎博得相当好评。"敦子说，"应该是食髓知味吧，忘了是第几次，从第一名到第五名的美女好像得到了钻石项链和最高级的和服腰带……应该不可能每次奖品都这么豪华，不过刚开始的时候，手笔应该相当阔绰吧。但模特儿就是那几个，举办次数一多，都是同样几个老面孔，如此一来……就没有新鲜感了。"

"漂亮的人是有，但居然有一两百个那么多啊。东京真是个厉害的地方。可是，那些美女是怎么找来的呢？睁大眼睛在整个东京到处物色吗？"

"不是的。第一场'东京百大美女'的照片，全是东京的……艺伎。"

美由纪张大嘴巴。

"全是艺伎……吗?"

"对。当时的一般民众对于把自己的照片公开给大众看,应该觉得很抗拒吧,尤其是妇女。但是对于底下有艺伎的置屋[1]来说,是很好的宣传,所以这种企划才能成真吧?居中斡旋,和艺伎磋商的,好像也是花柳界女子。所以……"

"原来是这样。"

美由纪把木签子搁到木桌上,拍了一下手说:

"不是啦,我总算恍然大悟了。就是啊,保田奶奶她……就是百大美女之一哦。"

"咦?"

"我看到照片了。"美由纪说,"不是上色照片,也不是多大张的照片,她说是辞去艺伎工作时,置屋送给她的。保田奶奶怀里抱着三味线,站在敞开的和室纸门前,旁边吊了盏灯笼,神情专注。啊,当然不是老婆婆样貌,而是年轻的时候。说是六十多年前。"

"六十三年前。"

"那,就是才二十一二岁的时候呢。"

比敦子还要年轻。

"我想一下,花名好像是日本桥的多津惠。奶奶名叫保田达枝。嗯,美是美啦,不过说句没大没小的话,也不是什么令人惊艳的美女。"

"这话真的有点没大没小哦。"

---

1 置屋,雇有艺伎的店家,像茶馆、料亭等派出艺伎助兴。

"她自己也这样说嘛，还说想不通自己怎么会入选。"

美由纪从放在地上的书包里取出一样用手帕包起来的东西。

"我向她借来了。你看。"

她放到木桌上打开来。

手帕里是一张纸。

似乎是一帧照片。

"这是春子学姐的姑婆。"

"是吗？"

"一样是百大美女之一，片仓柳子。看……上面印有花名，对吧？日本桥柳子。"

敦子拿起照片。

是一张老旧褪色的照片。

裁剪成椭圆形。

椭圆当中是一名年轻的艺伎。

"这张照片跟保田奶奶的不一样，没有背景，为什么呢？保田奶奶说可能是投票用的照片，不过也不清楚。"

很美的人。

"真是丽人，面容我觉得和春子学姐有些神似。听说那时候柳子小姐十八岁。"

那么比起敦子，年纪与美由纪更近。

"看起来很成熟，据说本人看起来比实际年龄要老成许多。不过不是说她显老，怎么说呢，保田奶奶说她是个非常妩媚、迷人的小姐。"

"百大美女啊……"

装饰在充满了虚无的隐宅回廊上的照片。

敦子想起了挂在老房子横木上的褪色的遗照。

"保田奶奶说,柳子小姐只差一点就能入选前五名了。说是某处的大富豪为了让宠爱的艺伎拿到第一名,砸大钱要人去投票,所以排名变得乱七八糟。"

这件事敦子也听说了。

有团体票似乎是事实。

但前几名似乎都得到两千票以上,这样的话,要凭个人的力量,把相好的艺伎拱进五名以内,感觉似乎颇有难度。即使票数是凭资助者的财力决定的,也不可能买到如此大量的票。纵然真的有收买行为,顶多也只能让排名上升个一两名吧。简而言之,尽管绝不能说完全公平,不过说穿了只是风月场的游戏,没什么公平不公平可言。

不过,据说第六名的艺伎后来大受欢迎,照片还被印成图画明信片等等,或许这部分的排名有过一番混战。要把第七、第八名硬推进五名以内,应该是有可能的。如果片仓柳子的得票数接近第六名,或许当时相当有名气。

"保田奶奶说,比起第四、第五名,柳子美多了。还说自己差不多是吊车尾。嗯,看起来就像是吊车尾的。"

"这话真的很没大没小哦。"敦子说。

美由纪苦笑:"我见到的保田奶奶本人都已经八十五岁了,就算说她以前是个美女,我也难以想象。不过这话是她自己说的,所以我相信。虽然也只能回她客套话。"

"好吧……"

"是被杀死的。"

美由纪冷不防冒出这么一句。

"你说谁被杀死？是这位……"

日本桥柳子。

"柳子小姐吗？"

"对，只因为成了这百大美女之一。"

这张照片……成了名副其实的遗照吗？

"听说从初秋到入春，她一直被人纠缠不休，因为男方太死缠烂打，柳子小姐甩了对方，结果惨遭杀害。保田奶奶说她和柳子小姐是同一家置屋的，所以见过那个纠缠柳子小姐的凶手好几次，说那男人的脸孔就像鬼一样。柳子小姐遇害那天，保田奶奶也跟她在一起。说就在分开一下的空当，人被一刀劈下去……"

"一刀劈下去？"

"是被日本刀砍死的。"美由纪说，"因为柳子小姐是片仓家的女人。保田奶奶说真的太可怕了，害她做了好久的噩梦。一定很可怕吧。"

第一届"百大美女"翌年的话，是明治二十五年（一八九二）。

当然，一般人不能佩刀。但比起现在，当时日本刀应该更贴近日常生活。虽然自从明治维新以后，已经过了四分之一个世纪，但作为凶器，应该算是常见的。但敦子没有在那个时代生活过，所以不清楚。

不过，日本刀应该比现代更唾手可得。刀。

刀……是吗？

"这就是……你说的可怕的事？"

"是可怕的事之一。"

美由纪将蜜柑水一饮而尽。

"那位被杀害的柳子小姐的哥哥，也就是春子学姐的祖父，名字听说叫利藏。利藏先生继承刀剑铺，有两个孩子，一个是春子学姐的父亲欣造，再来是妹妹静子。这位静子……"

"难道也被杀了？"

"没错。"美由纪又拍了一下手，"我想一下……听说是'帝都不祥事件'那一年。"

"是昭和十一年（一九三六）呢，十八年前。"

美由纪还没有出生。

敦子六岁。

所谓帝都不祥事件，是以陆军青年将校为主谋的叛乱未遂事件，最近似乎多以发生日期称其为"二二六事件"。

"是上一场大战之前，对吧？我对历史一窍不通。"

历史……敦子并不觉得这件事久远到能称作历史，不过在她的感觉里，也像是很久以前的事。是因为中间隔了一场太平洋战争的关系吗？

"听说是那年的五月。保田奶奶自从发生过柳子小姐那件事以后，怕得不得了，不做艺伎了，一度嫁给了开园艺行的，但那个开园艺行的老公好女色——啊，这不重要呢。她两三年后离了婚，很快就回到娘家——现在住的家，所以是片仓刀剑铺的隔壁。回到那里。"

"她一个人？"

"带着孩子。然后她说她教人家长歌，独自拉扯孩子长大。

所以从明治三十年（一八九七）左右起就一直住在那里了。保田奶奶和利藏先生也是从小认识。所以片仓家娶媳妇、生小孩，她都在隔壁逐一见证了，也没有再婚。"

奶奶说那个园丁老公让她受够男人了——美由纪说：

"利藏先生是在明治三十九年（一九〇六）结婚，然后欣造先生——春子学姐的父亲——出生，但欣造先生八岁左右的时候，利藏先生离了婚，和后妻生下了女儿，就是静子。昭和十一年（一九三六），是吗？那时候欣造先生二十六岁，静子小姐十六岁，和春子学姐差不多年纪呢。听说静子小姐长得很像柳子小姐，是个很可爱的女孩。"

"出了什么事？"

"有强盗闯进家里，"美由纪干脆地说，"是带着菜刀的小偷，被主人撞见就变成了抢劫。听说当时欣造先生已经结婚，在外自立门户。利藏先生那时候好像已经六十四五岁了，不过是个柔道高手，身手高强。比起财物，他更为了保护妻儿，挺身奋战。他把强盗手上的菜刀打下来，让家人趁机从玄关逃生，没想到强盗豁出去了，抓起当商品卖的日本刀，胡乱挥砍一通。"

"说得好像亲眼看见一样。"敦子说。

"我只是转述。"美由纪应道，"太太拼命逃出屋外，大声呼救。邻近街坊听到声音，当然保田奶奶也听到了，急忙跑出来，结果看到……"

浑身鲜血的——

"静子小姐连滚带爬地跑出屋子。"

"只有……女儿被砍了吗？"

"对。不知道是在逃命的途中保护母亲，还是跑得太慢了。接着利藏先生和强盗扭打成一团，撞破门跑出来，邻居联手把强盗制伏了，但静子小姐伤势太重，警官抵达前就已经断气了。就和柳子小姐一样——保田奶奶边掉眼泪边说。"

一样吗？

片仓家的女人注定会被砍死……

鬼的因缘。

这说法令人不解。

"然后，这回又是春子学姐，不是吗？虽然不是发生在自家，但保田奶奶吓坏了，直说太可怕了……"

"那……你又是在怕什么？"敦子问。

"咦？"

"你……或者说那位保田奶奶，到底是在怕什么？觉得治安不好？"

治安确实不好。

又不是旧幕府时代，鲜少有机会目睹遭人砍死的尸体吧。然而那位保田奶奶亲眼看见了两次，不仅如此，身边又发生了第三次。这应该非常罕见，不用说，实在太不平静了。

只是。

"是和学校的学生一样，害怕杀人这件事吗？还是害怕被刀砍死的死法？"

"这，就是呃……"

虽然敦子完全了解美由纪想要表达的意思。

"是害怕……三代连续遭人以相同的手法杀害这一点吗？"

"嗯，应该是这样吧。"美由纪说。

"可是，这只是巧合吧？"

"巧合？"

"因为第一个柳子小姐，是被爱慕她的男人杀害，凶手也落网了。接下来的静子小姐是被强盗杀死的，强盗也被抓了。春子同学这边，虽然还不是很确定，不过是被宇野先生杀死的，宇野先生也被捕。这三名凶手毫无关系，也没有关联。没有吧？"

"嗯……"美由纪侧了侧头。

"如果三起事件之间有某些因果关系的话，状况又有些不同了……但感觉似乎没有，而且不管是凶手的动机还是作案方式，所有一切，都是不连续的事件。这样一来，它们的相同之处，就只有都是发生在片仓家的事、被害者都是女人，以及……"

刀吗……？

"凶器是日本刀。就只有这些吧？"

或许正因为这样才被称为因缘。敦子忽地这么想，不过……

如果是哥哥的话，会怎么说？

"明治中期的话，日本刀作为凶器，应该还不算稀罕。以现在的角度来看，柳子小姐的死法让人感到离奇，在当时应该也不算正常，但考虑到明治中期这个时代背景，感觉也不算特别不自然。静子小姐的情况，强盗会拿起日本刀，是因为刀就在那里，而且凶刀也有可能砍伤父亲或母亲。静子小姐遇害，纯粹是不幸的巧合吧。然后春子同学的命案，与过去这些事毫无关联，只是被害者之间有血缘关系而已。应该是这样吧？"

所以……

所以才会被视为因缘吧？将各别无关的事情联结在一起，赋予意义，使一连串巧合看起来宛如必然——将并非原因的事视为原因，不可能是结果的事当成结果——所谓因果，不就是如此建构出来的吗？联结这因与果的缘，不就是因缘吗？

父母的因果，报应在孩子身上。

祖先的恶行，令子孙不幸。

父母的行止与孩子的身体残缺无关。犯罪与血统没有瓜葛。但人们将超自然且神秘的理念代入其中，创造出架空的因果关系，导出截然不同的构图。作为……一种缘。

这样的构图应该极为稳固。

种种的不幸，多半是荒谬不合理的。但只要准备一个浅显易懂的原因，将之代入稳固的构图里，就能消弭这些荒谬不合理。

人类冀求稳定。

有时甚至不惜接纳歧视的眼神，也要追求稳定。

会感到害怕……

是因为像这样准备好的构图，有时不光是过去，也适用于未来，加之支撑这个构图的缘——理念，是超自然且神秘的。

这样的构图有时会预测到未来的不幸。因为为了消弭荒谬不合理的过去而选择的构图，有可能致使荒谬不合理的未来成立。

但超自然而神秘的事物是无从抵抗的。

由于无从抵抗，人多半会改弦易辙，转为**拒绝相信**这种超自然而神秘的理念。

当然……是为了回避等在前方的不幸。

但是……

无论相信什么、不相信什么，不管人怎么想，会发生的事就是会发生。而事情有时会**歪打正着**地契合准备好的构图。这种时候，人就不得不相信先前不愿去相信的超自然神秘之物。

所以才会害怕。

人在心中某处，总是认为那只是聊以慰藉的谎言。然而聊以慰藉的谎言居然**成真**，所以才教人害怕。但是，**成真**并没有理由。

因为是巧合。

原本所有的一切都只是巧合的聚积。如果有理由，应该是更庸俗、更实际的理由，或是精神性的理由。这一切都能以自然科学来说明，没有超自然介入的余地。

所以……

——不。

这次不同。

太奇怪了。

美由纪刚才说的……

全都是果。

没有因。

比方说，即使解释为是第一起事件引发第二起事件，将之理解为因与果，不断循环。

就会变成只有第一起事件无缘无故就发生了。

——鬼的因缘吗？

还有。

前面还有什么吗？

"美由纪同学，呃，**在柳子小姐之前**，还有什么吗？"

似在沉思的美由纪抬头："之前吗？"

"那位保田奶奶没有提到什么吗？"

"呃……你说的之前，是指柳子小姐的事件之前、祖先那时候，对吧？听说片仓家从江户时代就经营刀剑铺，啊，对了，虽然保田奶奶没有说得很清楚，不过她说了……对，'是**把鬼招进来了吗？**'……"

"招进来？"

"她是这么说的。噢，我问她春子学姐提到的鬼的因缘，结果她就说'啊，就是啊'。"

"她知道？"

"算是知道吗？好像心里有数吧。说什么那本来不是片仓的家系，是凉阿姨的家系。"

"凉阿姨……是谁？"

"利藏先生和柳子小姐的母亲。"美由纪说。

"母亲？"

"嗯，保田奶奶说小时候凉阿姨很疼她。说凉阿姨是个泼辣豪爽的女子，长得很漂亮，完全不输柳子小姐。家里以前也是开刀剑铺的——不过在明治维新前二十多年就不做了——关店的时候，好像就是片仓家的祖先帮的忙。"

"这祖先应该就是柳子小姐的祖父吧？"

"是吗？"美由纪说，"说到关店的理由，好像是丈夫砍死妻子后上吊自杀了。保田奶奶是直接从柳子小姐的母亲那里听到的，说她当时年纪还小，听了吓坏了。"

"也就是说，那个人——凉，她的父亲杀死了母亲再自杀……算是一种强迫殉情吗？算是这样一回事吗？"

"我是这么听说的。虽然保田奶奶没有用强迫殉情这个词。"

"这样啊。那，那个叫凉的人……"

"那个时候……父亲杀死母亲的时候，那个凉阿姨年纪还小，不懂事。然后同行片仓家的……咦，名字叫什么来着？"

"名字不重要。"敦子说。

名字只不过是记号。

"噢。听说那个人把店收拾了，也收养了凉。不过凉十二岁的时候，说她不能再继续受人照顾，只带了一把父母留下来的日本刀，离开片仓家——保田奶奶说不知道是去给人帮佣了，还是卖身了。不过也不敢问吧，保田奶奶当时也还是个孩子而已。"

又是刀。

"后来……噢，这也是保田奶奶小时候听到的，虽然不知道是怎么个因缘际会，总之凉阿姨说她爱上了鬼。"

"鬼？"

"应该是某种比喻吧。然后说那个鬼被消灭了，所以她从宛如天涯海角的地狱，又回到东京来了。她没有亲人可以投靠，也无处可去，所以流落到以前住过的下谷，然后……"

"嫁进了片仓家吗？"

"嗯……那个凉阿姨似乎个性开朗，好像也毫不避讳这些身世，大大方方地告诉保田奶奶。好像还在澡堂让保田奶奶看了她被子弹射中的枪伤、被刀砍的伤疤。奶奶说凉阿姨笑说是被官军击中的。"

"被官军击中？"

"对。原来官军连平民都照射不误吗？这点我没有仔细追问。然后，凉阿姨说，'我是杀死自己老婆的鬼生下的女儿，所以才会爱上鬼，却没能厮守在一起，逃了回来，又被这个家收留，我被片仓家收留两次了'……"

"也就是说，这个人就是鬼的因缘？"

"应该是。保田奶奶这么说的。"

"那，那个人后来怎么样了？柳子小姐遇害时，她还在世吗？"

"啊……还在。听说凉阿姨看到柳子小姐——女儿的死法，说了句'跟娘一样'。"

原来如此，这句话就是起点。

想来，那个叫凉的人只是吃了一惊而已。

女儿的死法，竟与儿时目睹的母亲的死法几乎如出一辙，让她大吃一惊。

只是这样罢了吧。

这个类似性，形成了因果的构图——因缘。而这个因缘——极偶然地——也契合了接下来的事件。

然后就形成了鬼的因缘吧。

类似变成相同，形成反复，超越时空，将春子推入惊惧的深渊。

这样的话，至少这鬼的因缘的形成，并不是太古老的事。

是在静子惨遭强盗杀害的时候，可怕的过去陆续联结在一起了。昭和十一年（一九三六）的强盗事件，回溯到明治二十五年（一八九二）的砍杀事件，以及江户时代的强迫殉情事件，变成了同一回事。

所以。

片仓家的女人会被人用日本刀砍死……

不对。

"那……那位凉女士也被砍死了吗？"

"什么？"

美由纪呆呆地张大嘴巴。

"怎么样？符合这个因缘的，有凉女士的母亲和女儿柳子小姐、柳子小姐的侄女静子小姐，然后是春子同学……乍看之下像是诅咒的连锁……"

"不，凉阿姨……"

美由纪拿出记事本翻页。

"我看看，我听到以后写下来了。记得是……对，说是在明治三十五年（一九〇二）过世，享年六十左右……咦？呃，如果是被杀死的，不会是这种说法呢。"

"是啊。这个悲剧好像只能追溯到凉女士的母亲，所以假设是从她的母亲开始……接下来就是女儿呢。确实是以凉女士为中心发生，但关键人物凉女士却被跳过，有这样的吗？如果其中有某种超自然的力量在起作用……会是这种没有规律的发展吗？"

"这么说来，确实很怪。"

"那……"

这根本**不是诅咒或者作祟**。

"所以根本没什么好怕的。"敦子说。

"这样吗……？"

"首先，这一连串悲剧不是发生在片仓一族，而是那位凉女士的血亲，对吧？凉女士的母亲，然后是凉女士的女儿，中间相隔四十几年，以相同的死法过世。这是不幸的巧合。"

"是巧合吗？"

"两次的话，还可以算在巧合范围内吧？然后凉女士似乎是寿终正寝，接着再次相隔四十几年，发生了强盗事件。虽然感觉好像重复了三次，但三起都是独立事件。如果把范围缩小到片仓家，就只发生过两次。"

"这也是……巧合吗？"

"对，根本不是什么世世代代。源头的凉女士自己则是个例外。"

她并没有被日本刀砍死。

"不，可是春子学姐也……"

"春子同学是从谁那里听到过去的事件、又听到了什么样的内容，如今已无从得知，但春子同学本人并没有亲眼看到任何一起过去的事件，对吧？"

"因为她还没有出生呀。"

"春子同学的父亲好像也在她小时候就过世了，母亲也不曾身在现场，所以都只是听说而已吧。四起事件跨越百年时光，只是听说的话，感觉仿佛世世代代连绵不断，但似乎并非如此。那位保田奶奶虽然目睹了四起命案中的两起，但仔细想想，除了凶器以外，也没有任何类似之处，只是在描述中联系在一起罢了。"

一点都没有什么好不可思议的——敦子说：

"只是凶器相同，完全是单纯的巧合罢了吧？"

敦子这般断言，就像要说给自己听。

美由纪手指抵在下巴，应了声"是呢"。

"你觉得很没意思吗？"

说完后，敦子觉得这话太不庄重了。

美由纪刚失去要好的朋友，她并非出于好奇才探究这件事的。

"抱歉。"敦子说。

美由纪摇摇头。

"不，没错。没关系。怎么说，听到保田奶奶的话，我认定这一定就是作祟那类事情，可是这……"

依然是杀人事件呢——美由纪说。没错，唯一可以确定的是，这些都是血淋淋的命案。

"如果用作祟、诅咒、因缘这些说法解释，虽然很可怕，但另一方面，感觉也像是从现实转移了目光。因为可怕归可怕，心情上却轻松多了。怎么说，就好像全都变成了故事……"

"没错，就是这样。"敦子说得仿佛她懂似的，"话语是有这种效果的。通过述说、聆听、书写、阅读，现实全都会变成故事。"

"是呢……"

"所以在语言的层面上，谎言与真实会变成等价。我觉得这是件好事，效果绝佳。不过如果安于其中，也会因此迷失了某些事情。事实会轻易被扭曲，记忆也会被窜改。所以有些事情是不能就这样算了的……我是这么觉得。"

没错，尚不清楚，什么都还没搞清楚。

"敦子小姐，"美由纪说，"意思是，这些过去的事件，可以当作与这次的事件完全无关，对吧？即使追查这条线，也无助于消除这次的昭和试刀手事件或是春子学姐命案所带来的怪异感……对吧？"

"我没办法断定，不过我会去确认。"

敦子说着站了起来。

蜜柑水还剩下一大半。

说定明天碰面的时间后——地点结果又是儿童屋——敦子前往稀谭舍。

非完成不可的工作，她上午就已经处理好了，而且不用开会，也没有约人谈工作，因此她完全没必要去社里，但她还是去了。

因为她想整理一下思绪。

整理好办公桌后，敦子打电话到赤井书房。

赤井书房是一家小出版社，除了老板之外，就只有两名员工。

这家出版社不定期出版《月刊实录犯罪》，这是战后流行的粗制滥造的杂志——不光是印刷质量，内容也粗制滥造——所谓的糟粕杂志里"硕果仅存"的杂志之一。好像是身为富豪雅士的老板凭兴趣开的出版社，因此不管销量好不好，都不会停刊。

她打算寻求《月刊实录犯罪》的编辑兼记者乌口守彦的协助。

如同其名，乌口编辑的这本杂志专门报道古今东西的犯罪事件。虽然标榜实录，但原本是糟粕杂志，因此虚实软硬、玉石混杂。但《月刊实录犯罪》的态度并不像其他糟粕杂志那样轻浮不庄重，一味追求内容滑稽好笑，他们会刊登粗俗下流的题材，也有许多违反公共秩序与良好风俗的报道，但编辑的态度极为严肃。

打电话过去，鸟口立刻接了。他说完全没工作，正闲得发慌。

敦子请他查数据，他二话不说答应下来，说是他的拿手领域。

这是午饭前的早饭——鸟口说。虽然不解其意，但他并非在搞笑。鸟口这个人在找路和谚语成语方面，总是彻底搞错。

鸟口说三小时后会到稀谭舍找敦子。应该真的很闲吧。

敦子写企划书打发时间，去附近的饭馆提前用晚饭，回来的时候，鸟口刚好走进玄关大厅。敦子向前台打过招呼，领他到会客室。

鸟口颇为高壮，长得像鼻子修长的桦太犬。两人在武藏野连环杀人事件采访过程中认识，此后便经常在各处巧遇。一年前，敦子前往箱根山采访时请鸟口担任摄影师同行，两人都出了大糗。

"啊，实在闲死人了。"

鸟口一坐下便说。

说是会客室，也十分单调乏味，和警察署的接见室没什么两样。顶多就是硬面椅子换成老旧的沙发，桌子变成矮长几罢了。

"师傅、大将和关口老师怎么样了？"鸟口问。

师傅是指哥哥，大将应该是指侦探。关口是哥哥的小说家朋友。

"完全没有消息。"敦子回答。

"是哦，实际上那边到底发生了什么事，完全没个头绪。只听到风声，却没有任何报道。就算有报道，八成也不是事实，用不着看过去的例子也知道。哎，大将八成正在大闹，关口老师应该正窘迫无计，师傅一定不肯出手。我也去枥木看看？"

"最好不要。"敦子说，"鸟口先生就算去了，也只会被目中无人的侦探当牛马使唤，被逼着照顾不省人事的小说家老师，最后被臭脸的我哥臭骂一顿而已。哥哥一定会生气的。"

鸟口"唔嘿"了一声，"几乎总是这样嘛"。

"总是这样。最后都会挨骂。箱根那时候、伊豆那时候，我都被骂惨了。就连之前的神无月事件那时候都挨骂了。明明我只是去采访，什么都没做。对了……"

敦子微微起身道："因为时间晚了，所以我没备茶。"也不是不能准备，但总觉得时间宝贵。

鸟口夸张地挥手。

"不用忙不用忙。如果是吃的，我就不会客气……敦子小姐吃过晚饭了吗？"

"刚才吃了。"敦子说。鸟口遗憾地说"太可惜了"。

"看你报告的内容怎么样，好的话……我可以请你吃点什么作为答谢。"

"啊，我绝对不会再厚着脸皮要敦子小姐请客了。老实说，敦子小姐找我，真是帮了我大忙。要是再那样继续闲下去，我就要奉社长命令，前往浪越德治郎医师那里了。喏，就是指压那个。"

"去治疗吗？"敦子问。

"才不是呢。"鸟口蹙起眉头，"因忧世伤身而僵硬如石的我的肩膀，怎么揉怎么碾都不会松软的。喏，之前玛丽莲·梦露不是来日本吗？举国上下闹得沸沸扬扬，那时候浪越医师给梦露指压了一下。听说梦露胃不好，可是社长叫我过去打探那时候梦露穿什么呢。"

"那时候……是指治疗的时候吗？"

"对对对。那天那个时间，梦露身上究竟穿了什么？是帝国饭店的睡衣吗？还是浴衣？还是那个叫什么，不是有那种的吗？布料轻飘飘的，舶来的，像蕾丝的连身衣，还是穿那个？甚至有人说她一丝不挂。哎呀，一丝不挂的梦露，虽然教人好奇，但我要去的是德治郎那里，要看的是拇指，粗壮的拇指。就算看那种东西，听他按了哪里，又能怎么样嘛！难道要问他触感吗？"

鸟口竖起双手拇指用力往前推。

敦子不知道要怎么回应才好。

也许是因为敦子毫无反应，鸟口突然打开握住的双手，拍了一下手。应该是察觉敦子受不了他的废话了。

"所以我丢下那个就像去问画上的麻糬好不好吃似的填不饱肚子的差事，撂下一句鼎鼎大名的稀谭舍请我协助采访，便二话不说跑出门查了一下。"

"噢……这么快就能查到吗？"敦子问。

"哦，之前我承蒙令兄一番指点。"鸟口说，"敦子小姐不知道吗？令兄在旧书方面的师傅，那位了不起的大人留下的文库，喏，不是就在那边的水道桥吗？明治大正昭和初期的报纸、瓦版、杂志什么的，几乎一应俱全。"

那里的事敦子略有耳闻。

但她没有放在心上。

或许方便，可是她不想利用。敦子觉得自己潜意识里想要避开那里。

敦子最近觉得，她对明治大正这段年代……感到排斥。

那个时代予人一种不安感，就像是天亮了却昏暗不明的早晨，或破晓前微亮的白夜。这样的时代，令敦子感到无立足之处。

在好的意义上颇为迟钝的鸟口说："原来敦子小姐不知道啊。"

"那里只有一个老太婆在看店。说是看店，那里也只是普通的民宅，不知道的人就不知道，就算知道，也不好跨进去。不过那里可以自由阅览，费用也是随喜，像我，就非常仰仗那里。"

说到这里，鸟口忽地顿住了口，不再闲扯下去，问：

"怎么了吗？"

"没事。"敦子说。

"没事吗？呃，是明治二十五年（一八九二）一月六日，对吧？有的。"

"是报纸吗？"

"对。我看看，我找到一篇报道，标题是'职工痴恋美艺伎'。这标题的痴恋两个字，完全充满了犯罪气息，然后也真的是杀人命案。"

原来是事实？

"凶手依田仪助，三十二岁，是木匠。报上说他畸恋浅草凌云阁画美人之一、十八岁的日本桥杵屋艺伎柳子。他去浅草十二楼观光，看到照片，一见钟情，后来便天天上凌云阁去，也不去瞭望室，就只是杵在那张照片前面，对着那照片呆望一整天。展览结束后……那个木匠应该是没想到可以把人叫到茶屋，或是找去陪酒吧，直接就杀到置屋去了。"

鸟口挥出拳头。

"因为是宣传活动，所以照片上也标明了是哪里的置屋。只是，真上门看美女，也教人头痛。"

"只是白看而已吗？"

"就是白看。"鸟口答道，"而且，死皮赖脸。明治二十四年（一八九一）秋……这是美人照展览结束的时期呢。说从那时候开始，连续三个月，他几乎天天都来，一有机会就想跟人家说话，搂搂抱抱。箱屋[1]小哥要劝阻，但木匠彻底昏了头，完全无法沟通。好像也被警察抓走好几次，却坚持说要柳子小姐当他的媳妇，完全讲不听。新年过去，依然不肯罢休。这事不解决，也没法做生意了，所以柳子小姐带了两三个凶神恶煞的男人，直接找木匠谈判，不过也并非疾言厉色。"

"不是吗？那是严正拒绝吗？"

"从报道文字来看，不是那种感觉。是类似'非常感激您的厚爱，但希望往后您能请小女子到筵席相陪'。噢，这姑娘好像是日本桥一带也口碑载道的美人，个性应该也很不错吧，并不是恶狠狠地拒绝人家。"

关于这一点，和美由纪的描述感觉不同。之前敦子听了，得到的印象是男方纠缠不休，女方厌恶并拒绝，结果男方由爱生恨。

"是婉言相劝吗？"

"应该是吧。还是温柔地拒绝？没想到却是适得其反。"

---

1 箱屋，带着三味线等乐器的艺伎跟班。

"怎么说？"

"虽然也要看时间和场合，不过这种人啊……"

就得恶狠狠地让他们吃到苦头才成——鸟口捶了一下桌子。

"从经验来看，那种搞不清楚状况的家伙，就该斩钉截铁地警告他们才会懂。因为这种人的耳朵非常特殊，任何抗议听在他们耳里，都能解释成他们想听的话。'请小女子相陪'，会变成'我喜欢你'，完全不会解读为'请不要纠缠我'。"

"可是，不是也有相反的情况吗？"敦子问。

"所以要看时间和场合，倒不如说，要看人吧。"鸟口垂下眉毛说，"爱有多深，恨就有多深——这次没讲错吧？所以一句'讨厌啦'，也有可能引来杀机。虽然有这个可能，但这个仪助又不一样了。他把'请用客人身份上门'解读成'我爱你'，可是又没钱叫艺伎——噢，他都不工作，成天纠缠人家，当然没钱了，所以……这仪助喊着'我们只能在另一个世界结合了！'，从亲戚家拿来日本刀埋伏，等柳子小姐从置屋走出来……"

大刀一挥——鸟口做出砍人的动作。

"一记袈裟斩，一刀两断。美人就此香消玉殒，可悲可叹。嗯，当然立刻就被制伏，被绳之以法。当时的刑法怎么样我不晓得，刑期等其他细节都不清楚。这是报纸的抄本。"

鸟口把便条纸放在桌上。

他好像帮忙把报上内容抄写下来了。

鸟口说明，那家文库也出借书籍资料，但他懒得归还。

鸟口这人看似粗枝大叶，笔迹倒是很秀气。是笔力弱吗？不管怎么样，鸟口尽管外表壮硕、举止轻浮，做事却很细心周到。

这暂且搁一边……

就听到的来判断，这起事件是独立的，看不出与前后其他事件相关的要素。

"接下来是昭和十一年（一九三六）的强盗事件。"

鸟口在沙发上重新坐正。

"这案子呢，应该也是相当耸动的大事件，但刚好和那个阿部定落网撞在一起。整个社会都在为阿部定议论纷纷，所以相形失色了……"

阿部定是杀害情夫，切下生殖器官后逃逸的女凶手的姓名。

阿部定杀人逃亡，最后遭到逮捕，但听说她一直把切下来的情夫生殖器官珍惜地带在身上。

这是一起所谓的离奇杀人事件，但也许是受到阿部定颇为豪爽的言行所影响，并没有凄惨的色彩。即使到了战后，仍频繁成为糟粕书籍——不是糟粕杂志——的主题，也变成情色恶俗小说的题材。阿部定落网五年后，在皇纪纪元二千六百年（一九四○）的大赦中被释放，对小说提起败坏名誉的诉讼，赢得胜诉。

她现在应该依然生活在市井之中。

对了。

敦子看过阿部定刚落网时的照片。

阿部定面带笑容。

这也就罢了，但她身边的警方人员亦个个面露微笑。那是一张和乐融融的照片。或许就是这样的，但敦子……

觉得很不舒服。

她应该是排斥这类事情。

即使状况严重，也不一定非得一脸凝重才行，是这样没错。

但如果敦子在场，应该笑不出来。

仔细想想，塑造出笑不出来的她的，应该是明治以后的文化和教育。当然，敦子觉得顺从地全盘接受，这样的自己也有问题，但这依然无法和社会分开来看待。然而她强烈地感觉战前的纪录，总有许多轻视这类事物的部分。

虽然一切都只是她的成见、主观的印象。

"嗯，在敦子小姐面前或许不该说这种话，不过比起吹捧切下那东西的女人，更应该为惨死强盗刀下的可怜少女哀悼才对。不过阿部定因为迟迟没有落网，新闻炒得正火热，而这边几乎是现行犯嘛。"

鸟口读起别的笔记。

"我看看，'窃贼被发现转强盗　持商品刀砍杀女儿'——这个哦，实在很想叫以前的报纸想点更像样一些的标题呢。其他的也都半斤八两。应该不是在开玩笑，却一点迫切感都没有。"

没错，就是这样。

应该不是在开玩笑。但从现代的感觉去看，有时却会惹人失笑。但有时候那又是绝对不能笑的内容。

就是这部分让敦子感到困惑。

"这边的案子，凶手名叫川西平作，二十八岁。从秋田来到东京，在品川一带打零工。这个平作在秋田好像有互许终身的对象，但因为太穷了，没钱办婚礼。所以才打算来东京赚笔钱当结婚资金。"

"也就是外出打工吧？"

"是啊。嗯，也是乡下没工作吧。以为只要到东京来就有钱赚，未免想得太容易了。要是这样，东京人全都是大富翁喽。重要的是脚踏实地认真工作呀。"

"但这个人不是？"

"看来不是呢。不过脚踏实地的我，一样是个穷光蛋就是了。"

"他是为了存结婚资金而来到东京吧？"

"然而这平作生性好赌，完全存不到钱。成天在工寮呼幺喝六，把每天的工资都赔光了。如果赢了钱，就大手笔下注。当时还没有公营赛马那些——刚好是日本竞马会刚成立的时期，所以肯定是非法赌场。掷骰子比大小。一定是输到脱裤子。"

赌博真的要不得啊——鸟口以奇妙的语调说：

"赌博会毁掉一个人。至少平作就这样毁了。到底是为什么呢，嗜赌的人，很大的比例都会自甘堕落。勤劳的赌徒难得一见。平作也不例外，是个懒散鬼，连一毛钱也没存到，只是债台高筑。故乡的未婚妻已经等不及了，所以平作想到破门行抢……真是太莽撞了。是一时冲动，匆促行事吗？他从厨房摸了把菜刀，搭上电车。似乎是觉得在陌生的地方动手才不会被发现，真是想得太简单了。他在东京站下车，整整两天四处游荡，终于下决心的时候，刚好来到下谷。时间是子时。平作不知道那里是刀剑铺，溜进屋里……"

"原来他不知道？"

"好像不知道。"鸟口说，"要是我是强盗，才不会跑去卖那种危险物品的地方下手。手上的武器就只有一把菜刀，哪里打得过？可是无知就是无敌，他恐吓老板拿钱出来。老板不慌不忙，说钱可以给你，但没有多少……是啊，又不是银行，不可能有多少钱嘛。平作便说那把店里的商品拿出来……蠢成这样，真是要怎么说呢？"

"不知道是刀剑铺，但知道是做生意的地方吗？他不是以为是一般民宅才溜进去的吗？"

"不是，嗑，不是有店面吗？就算位于住宅区，外观也和一般民宅不一样。有招牌，入口应该也是玻璃门之类的吧。因为天色昏暗，不知道是做什么生意的，但知道是店铺，心想那应该有营收。所以这家伙糊里糊涂，从后门闯了进去。可是说到那里的商品，全部都是刀啊。"

人家是刀剑铺嘛——鸟口说。

"叫人家拿出来，老板就拿出来了。他又不知道强盗是什么状况，根本想不到对方连店里卖的是什么都不知道，就叫他拿出来。商品就只有刀，所以就拿出刀来。那里是刀剑铺嘛。结果平作一看，脸都绿了。比菜刀还要长。废话，那可是日本刀呢。老板只是照着话做，平作却不这么想，以为对方拿刀是要砍他。平常的话，遇上这情况，应该会丢下一句对不起，死了心快跑，对吧？"

"他没跑，是吧？"

"是自暴自弃了吗？平作陷入错乱，抓着菜刀乱挥一通。因为太危险了，老板护住太太和女儿，让她们逃去店面。这是很理所当然的举动。老板丝毫没有要跟他对打的意思……"

"他没有拿日本刀应战吗？"

"没有啦，刀剑铺只是卖刀的，又不是剑客。"

"我同意……可是就算没有挺身应战，也会试着把人赶跑吧？"

"没有。也是啦，强盗有刀，自己手上有把日本刀，总比手无寸铁更安心一些……不不不，这如果不是日本刀，而是根棒子，或许老板就跟他拼了。"

"怎么说……？"

"钝菜刀和棍棒势均力敌啊。但日本刀很危险，弄不好，连自己都会被砍伤。屋子里很狭窄，老婆女儿又在旁边，太危险了。我觉得因为是做刀剑生意的，所以更清楚日本刀有多危险。那种东西外行人拿来乱挥，根本是在玩火。"

说得没错。

一般应该会这样想。

所以为了护身，带刀上街的想法果然很奇怪。

"然后，老板还算是冷静，但强盗已经陷入恐慌，整个人抓狂起来。就算钝，毕竟是把菜刀，危险得不得了。太太带着女儿跑去玄关，试图打开门锁要逃，但实在是吓得慌了手脚，女儿也魂飞魄散，迟迟打不开门锁。这时老板为了让老婆女儿逃命……"

但不是跟平作对打——鸟口说：

"这要是古装电影，就是从后面赏他一刀，但老板并非想要干掉强盗，而是想要牵制他，所以是空手上阵。这老板虽然开的是刀剑铺，但练的是柔道，不是剑术。所以他一把抓住强盗拿菜刀的手，'嘿'一声把人扔了出去。平作也放开菜刀，整个人咚的一声……"

要是事情就此落幕就好了——鸟口摆出泫然欲泣的表情。

"不幸的是，平作被扔出去的地方，刚好有一把刀。喏，就是他叫老板拿出来的日本刀。平作一把抓起那刀，胡乱挥舞，试图逃亡。是觉得老板太强打不过吧。这个时候，玄关那里，妻子正手忙脚乱地试着开门，然后……贼人听到呼救声，突然发起狠来，朝声音的方向大刀一挥……结果那里刚好就站着女儿，是这样的情况。"

几乎是意外事故了——鸟口说：

"不是有无杀意这种层级的问题，只是一场乱七八糟的闹剧，但女儿却沦为这种糊里糊涂的闹剧的牺牲品。这起事件，如果女儿平安无事，就是一场荒唐的笑话了。"

糟粕编辑如此评论。

"可是人却死了，教人笑不出来。"鸟口接着又说。

"这时邻近住户听到吵闹声，全都出来了，总共十三人联手制伏歹徒，警官赶来，将歹徒绳之以法，但女儿丧命了。从脖子到背部被砍，似乎是当场死亡。这不是太荒谬了吗？因为这种蠢蛋引发的愚蠢骚动而丧命，世上还有比这更惨的事吗？简直就是一场悲剧。"

鸟口平日虽然洒脱，但该义愤填膺的时候还是会义愤填膺。

敦子很喜欢他这一点。

"这个平作好像被判了七年徒刑。我觉得未免太短了，不过就是这样吧。然后……敦子小姐。"

鸟口抬头。

"这家店不就是之前女儿被昭和试刀手杀害的片仓刀剑铺吗？"

"没错。"敦子答道。

"唔嘿,当场肯定哦?那我再请教一下,你在调查什么?难道这起强盗事件——不,还有艺伎命案,是一连串相关事件吗?"

"不是。"

鸟口又"唔嘿"了一声。

"当场否定哦?不过这些案子之间有关联吧?"

"我就是想要确定无关,才请你调查的。因为如果不是痴恋或强盗,或许状况又有所不同。但这下我放心了。这两起事件没有关联,与这次的事件当然也没有关系。"

"这样吗?"鸟口拱起厚实的肩膀。

他本来是溜肩,所以变成了古怪的形状。

"我倒觉得不尽然。"

"什么意思?"

"噢,这个痴恋艺伎的依田仪助,他是横滨人。他用作凶器的刀是亲戚的,那亲戚本来在横滨村开当铺,案发当时在上野开旧衣铺。然后,那亲戚把开当铺时人家典当的刀宝贝兮兮地一直留在身边。明明已经改行卖旧衣了。仪助就是拿了这刀去杀柳子。这件事大报没有写,是小报……上头有插图,所以是叫瓦版吗?"

大报小报是大略区分明治初期报纸的称呼。

大报是全开尺寸,指主要刊登政论与国际形势等的高级报。

小报是一半的四开尺寸,刊登市井新闻和读物等。大报采用书面语,小报采用白话,全部附上标音,多半附有插图。

小报起初发行份数不多,有不少形式似乎也都接近地方报。

但结果价廉通俗的小报卖得比较好,销量也超越了大报。大报开始力图大众化。另一方面,小报也开始刊登评论,朝大报风格贴近。但大报由于也负有政治宣传的任务，难以跳脱窠臼，最后废绝了。能存活下来的，只有那批最早模仿小报，舍弃高调的大报。换句话说，现在的报纸，几乎全是低俗小报的后裔。

提到明治中期，刚好是过渡时期吗？

"嗯，虽然采取后续报道的形式，但也不是正式报道，比较接近娱乐读物，所以没什么可信度。虽然当时很多东西都没什么可信度，而且许多地方都无法辨认，像是被虫蛀了。用词也蛮难的。然后，上面说仪助拿去行凶的刀，是大有来头的妖刀。"

"妖刀？"

"没错，妖刀。听起来很假啦，上面说什么是**鬼刀**。鬼不是拿铁棒的吗？原来也会拿刀吗？案发后，物主，旧衣铺老板从警方那里拿到归还的刀，不知道该如何处置。那是杀过人的刀，觉得很毛吧。实在太恐怖了。而且他总算醒悟自己是卖旧衣的，收藏刀也没用，这东西实在不能留在身边，所以送去给寺院供养之后卖掉了。"

"咦？难道……"

刀……

问题果然是刀吗？

难不成凶器全是同一把刀？

"那把刀就是昭和强盗事件的凶器吗？"

"不是。"

事情没这么简单——鸟口说。

"那所谓的**鬼刀**好像有两支……还是叫两把？那个买下刀的人，虽然不是很清楚，不过好像是一名磨刀师。据说那个人一直在找那把刀。我看看，大垣某磨刀师邂逅寻寻觅觅之**鬼刀**……"

"大垣？"

这姓氏……在哪里听过。

"哎，什么寻寻觅觅**鬼刀**，令人不懂。说有两把，也挺古怪的吧。所以呢，这事原本就不能当真。虽然不能当真，但我觉得好奇的是，昭和强盗事件这边，发生当时没引起什么注意，却在战后登上糟粕杂志。噢，就我们杂志的同类啦。应该是战后阿部定热潮再起的时期，在翻找资料的时候偶然发现的吧。这是糟粕杂志的内容，当然毫无可信度。是没有可信度，可是……"

鸟口从皮包里掏出杂志。

"这本我买回来了。那家店也卖书。书的话，也可以向公司报账。这是昭和二十二年（一九四七）发行的杂志《猎人之友》。"

鸟口翻页，打开给敦子看。

"这里，'鬼刀因缘？／令持有者疯狂的魔剑／误闯刀剑铺的软脚虾强盗，将少女一刀两断'。毫无疑问，就是在讲下谷的事件。可是鬼刀哦……真奇怪，鬼不是拿铁棒的吗？真想听听师傅的意见呢。说巧不巧，两边都是鬼……"

"鬼。"

敦子把杂志拉近自己。

这本杂志的因缘说，或许就是一切的起源。

有这个可能。这样的话，原本不是鬼的因缘，而是**鬼刀**的因缘吗……？

那么……

4

"很可怕的……"

不能扯上关系啊——大垣喜一郎说：

"两位小姐，我不知道你们想知道什么，但无关的事，就别去乱蹚浑水。你们没听说过这话吗，多一事不如少一事？"

自从两人进门以来，大垣一次也没有看向她们。

"警方来过了吗？"敦子问。

磨刀师懒散地应道："来过了。"

"我可以请教和警方一样的问题吗？从去年秋天开始，您是否多次研磨过同一把刀？"

"是啊。"

"是片仓刀剑铺委托的吗？"

"没错。我也这么告诉警方。"

是那个铜铃大眼的刑警——大垣说：

"我没什么好隐瞒的。账册上也都有记录。同一把刀我研磨过好几次，也收了钱。"

"您知道那把刀砍过人，却照样研磨吗？"

"我说啊……"

老人——年纪应该超过七旬了——这时总算转向敦子和美由纪。

稀疏的白发理成大平头，戴了副款式老旧的黑框眼镜。黝黑的皮肤很有弹性，开襟衬衫里露出来的胸膛肌肉也相当结实，完全看不出年纪，体态却弯腰驼背的。

大垣老人眼镜底下凹陷的一双眼睛使劲瞪向敦子和美由纪。

"两位小姐，我虽然是个老糊涂，但也还没活到一百岁。"

"这话是什么意思呢？"

"所以啦，我知道刀有磨损。我就是干这行的嘛。再怎么厉害的高手，只要拿刀砍东西，刀刃就一定会损伤。砍的是动物，就会沾上油脂，所以应该是砍了什么，但哪里看得出是砍了猪还是砍了狗？要说为什么我看不出来，是因为没有人会去砍那种东西。这要是维新以前，或许我就看得出来吧。因为那时候的刀只会拿来砍人。可是在这昭和时代，有人会拿日本刀砍人吗？我是在六十年前踏进这一行的，那时候就已经没有人佩刀啦。没看过的东西，我怎么比较？不可能看得出来。"

老人说完这些，又撇过头去。

或许就像老人说的。

敦子以为磨刀师应该看得出来，但原来，即使看得出砍过东西，也看不出是砍了什么。就像老人说的，现在已经没有人会拿日本刀砍人了。

可是……

"可是，您知道发生了伤人案吧？"

"我哪儿知道？我不会踏出这屋子，也不听广播。就算知道，也跟我无关。有人委托就答应，刀损伤就修理。把刀打磨锋利，归还给客人，这就是我的工作。我就像这样干了六十年。刀拿去干了什么，我不关心。"

老人在磨刀石上浇水。

没看到要磨的刀。

或者只是从敦子的位置看不到？

"最近工作愈来愈少了。就算有刀可磨，也都是菜刀、军刀这些烂刀。同行一个接着一个不干了。也有人把店收了，推销员似的挨家挨户磨菜刀。堂堂日本刀的磨刀师傅，却沦落到帮人磨菜刀，昭和就是这样一个时代。"

记得去年伊豆事件中涉案的巡回磨刀师，原本也是日本刀的磨刀师。

"我呢，虽然都是这样一个老东西了，但那个没死成的老父亲还在世，我得照顾他才行。就算一家子都是老头子，醒来还是得吃饭。要吃饭，就得工作。只要有工作上门，我来者不拒。刀怎么受损的，不关我的事。"

"来委托的是宇野先生吗？"

老人再次把脸转过来。

"宪一不会来这里。"

"因为他已经被逐出师门吗？"

"逐出师门？"

大垣的表情扭曲了。

"什么逐出师门？我可没收什么徒弟。我就只是个工匠罢了。我一个人工作，所以也不是什么师傅。我不是师傅，也不是什么宗家。都要家徒四壁了，还谈什么师门？"

"可是……"

"收留宪一的是我爸，不是我。"

"是……令尊吗？"

"我爸现在整天躺在床上，但刚战败的时候还会到处游荡。

宪一是从别人家屋檐下捡回来的，瘦得只剩一副骨头的营养不良小子。"

大垣露出在意屋内里间的样子。他卧床不起的父亲睡在那里吗？

"我爸九十六了。"

"哇！"美由纪惊呼。

"战败的时候九十左右吧，已经痴呆了，把宪一误以为是自己的孙子了。"

"孙子……"

"他的孙子就是我儿子。我儿子那时都已经三十多了，也有孩子了，所以一开始我以为他是把宪一当成曾孙了。可是我的孙子现在应该十岁，战败那年才两三岁而已。宪一那时候都十二岁了，年纪兜不上。再说，仔细想想，我爸根本没见过曾孙。不，搞不好他连自己有曾孙都不知道。"

从来没见过嘛——老磨刀师说，用手巾抹了抹手。

"我儿子跟他爷爷不和，十年前就离开这里了，进入昭和没多久我老婆就死了，所以家里老中小全是男人。我爸是旧幕府时代的人，而我是明治出生的，不可能处得好。我儿子现在去了松户还是哪儿，在那里娶了媳妇。出征前来露过一次脸，但复员后就没见过面了。偶尔会捎个信回来，但媳妇孙子都没带来给我见过。所以我爸是把宪一误以为是他的孙子，也就是我儿子喜助，而不是曾孙德次郎吧。"

搞什么东西——大垣愤懑地说：

"日子就已经过得够苦了，还捡那种东西回来。"

"可是，他一直住在这里呢。"

"我让他照顾我爸啦。"大垣恨恨地说，"我得工作赚钱啊，没法整天陪着我那痴呆老爸照顾他，所以才让他留下来。我爸要是丢着不管，不晓得会晃到哪里去，给别人添麻烦。等到我爸的腿脚不行了，走不动了，我想或许他可以帮忙赚点钱，所以试着训练他，但是没办法，这小鬼一点用都没有。所以我叫他去工厂工作，但一样干不来。没办法，只好把他赶出去了。都多大一个人了。"

才没什么拜师、逐出师门那回事——磨刀师背过身子。

"那……他是没脸见您，所以才不会过来吗？"

磨刀师的背影一动不动。

"不管怎么样，送刀来这里的都不是宇野先生……是吗？那……"

"我告诉警方了，我没义务跟你们说。"

你们回去吧——大垣小声说。

今早……敦子联络了贺川刑警。

敦子在儿童屋听美由纪报告的时候，贺川正来到这里问案。

鸟口的报告提到的磨刀师，姓氏一样是大垣，这一点让敦子耿耿于怀，因此想要来问个究竟。当然，贺川将信息透露给敦子，从某种意义来说，应该是违反规定的。但贺川似乎相信敦子，将她视为办案协助者，提供给她许多内幕消息。

贺川在电话中说，片仓势子与春子，有可能事前就**知道**宇野是连环杀人事件的凶手。大前天会面的时候，敦子和贺川才就她们不可能事先知情这一点达成共识，因此这是相当大的转变。

改变想法的原因是，警方得到证词，说送刀去磨刀师那里的不是宇野，而是势子或春子。

贺川认为，短期内多次将同一把刀送去打磨，显然很不对劲，而且既然会送去请人保养，应该也知道损伤的原因。

还有另一层。

春子的母亲势子下落不明。

势子从医院被带去警署做完笔录后，回家换了一次衣服。邻居保田达枝应该就是在这时候目击到势子。后来势子似乎去警署报到过几次，反复接受侦讯，但现在却联系不上了。

目前势子并非嫌疑犯，却是重要证人，也是唯一的被害者家属，所以程序等都卡在这里，无法进行下去。

因此春子验尸结束后的遗体，现在还在警署的停尸间。

在这样的状况中，贺川开始怀疑起宇野来了。

当然，是怀疑他**并非**凶手。

高层似乎想要快点移交检方，结束这件事，但矮小的刑警正一个人力挽狂澜。正义之士内心的疑问逐渐膨胀。贺川好像完全是孤军奋斗，他对完全派不上用场的敦子说："支持我的就只有你了。"

后来敦子依约到儿童屋和美由纪会合，讨论之后，一起拜访这名磨刀师的住处。美由纪好像向校方谎称家里有事，早退了。逃课不值得鼓励，但美由纪说本来就没有课。

贺川忠告说很危险，叫敦子绝对不要去磨刀师的家。

贺川似乎怀疑这名老人才是真凶。刑警开始认为，宇野是在包庇对他有大恩的大垣。

但即使真是如此，昨晚听到鸟口报告后，敦子也好奇万分。

所以她无论如何都想确认一下。

据说收购了夺走片仓柳子性命的日本刀的，是一名长年寻觅那把刀、姓大垣的磨刀师。与那把刀有相同称呼的日本刀，后来夺走了片仓静子的性命。

那就是……

"鬼刀是指什么？"美由纪突然说。

大垣痉挛似的回过头来。

"请告诉我，什么叫鬼刀？杀死春子学姐的刀，也是那把鬼刀吗？如果您知道的话，请告诉我。听到答案我就走。"

"你……"

大垣僵了好半晌，接着摘下眼镜。

"你刚才说什么？"

磨刀师用手巾抹了抹脸。

"我知道的。春子学姐的姑姑静子，十八年前被鬼刀砍死了，对吧？然后六十二年前，她的姑婆柳子，一样被鬼刀砍死了，不是吗？买下那把刀的……"

"那个人……"

大垣的脸更僵硬了。

一阵沉默之后，大垣说"不是我"。

"你想想看，六十二年前的话，我才八岁上下，只是个小毛头。"

"可是……"

美由纪穷追不舍。

老人正面注视她的脸，最后说："哎，坐吧。"

敦子和美由纪一直杵在脱鞋的地方。

两人一起在木框边坐下来，毕竟老人没有请她们进屋。

老人面无表情地轮番瞪着美由纪和敦子。

"还是两个丫头嘛。"

"我是小丫头没错。"美由纪说，"内在是小丫头。可是敦子
小姐……"

"我说啊……"

老人打断美由纪的话。

"你们觉得，人为什么会杀人？"

他的视线对着地面。

突如其来的深奥问题，似乎令美由纪一阵错愕。

敦子没有回答。因为她知道这个问题不可能回答，也没有令
所有人满意的答案。

"很简单，因为人**能够杀人**。"

声音低沉、沙哑。

"不管再怎么恨、再怎么想杀一个人，如果不能杀，就杀不
了人。相反地，就算对一个人没有任何想法，只要动手去杀，人
就会死。"

"没有任何想法，就不会去杀人吧？"美由纪说，声音有些
颤抖。

"没这回事。像枪炮，那是怎样，像这样一扣扳机，子弹就
会射出去，对吧？就算并不想杀人，只要扣下去，子弹就会发
射。如果飞出去的方向有人，就会射中，射中要害，就会死啦。"

"那是意外。"

"才不是意外。如果是自己爆炸，或许可以算是意外吧。但既然扣了扳机，那就另当别论了。这跟山崩、从屋顶掉下来那些，完全是两回事。"

"可是……"

敦子以手势制止美由纪。

"好吧，枪炮是射击武器，所以有时候射出去的方向，会有意想不到的东西。可是啊，小姐。"

老人从他坐的四角木框般的物体内侧取出一样东西来。

是无柄的刀身。

很短。是护身用的腰刀吗？

磨刀师将刀刃放到双手上，以熟练的动作将之转过半圈，刀尖对准了敦子。

敦子的身体紧绷起来。

"害怕吗？"

她答不出话。

"当然怕了。这家伙能割人，也能刺人。不管是被割到还是刺到，都很痛的。会流血，弄不好还会死掉。听清楚了，刀是杀人的工具。除了杀人以外，没有别的用途了。身上带着刀，就意味着能够杀人。"

磨刀师放下刀身。

"这跟射击武器不一样，不会不小心把人杀了。"

老师傅说完，眼睛瞪着虚空。

"我呢，会把刀磨得锋利。因为我是工匠。也有许多人看见磨得锋利的刀，觉得赏心悦目。但刀并不是美术品。是把钢与铁锤打在一起，千锤百炼，让它具有杀伤力，再打磨锋利，让它能够劈砍。只是结果看起来美罢了，并不是为了让它变美而锤炼、打磨的，这一切都是为了劈砍。那是要砍什么？当然不是白萝卜红萝卜，也不是米袋。刀……"

就是拿来砍人的。

"剑术家卖弄什么剑道呀精神的，但那又是另一回事了。剑道、精神那一套，就是因为如果没有够坚强的心志——**手上有能杀人的工具却不杀人**——就会忍不住杀人吧。所以也才会出现什么道。可是不管拥有再崇高的心志、刀握在多了不起的人手里，这刀、刀剑本身就是杀人的工具。为了杀人而打造、为了杀人而使用的这刀，就是杀人的工具。"

语气克制，但老人的话从意义上来看，暴戾非常。

"所以了，我做的这行当，总是在帮助杀人。研磨刀，让刀变得更锋利，能切石如灰、削铁如泥。不过要砍的是人。不，就算拿刀的人不拔刀，刀一样是为了砍人而打磨的。要拿来装饰、砍米袋还是砍狗，都是物主的自由。不过……"

不管怎么说，刀就是磨来砍人的——大垣说：

"听清楚了，好像也有人说什么刀是拿来护身的梦话，但所谓护身，意思就是反击吧？一样是杀伤对方。武具可不是用来护身的。护身的叫防具。防具杀不了人吧？如果不想战斗，就不要拿武器。拿了武器，就表示要战斗。而手上拿着刀……"

就是要杀人。

"所以手上拿武器的家伙，光是拿着武器，遭到攻击就是自找的。都说攻击是最大的防御，但攻击就是攻击，没有先后可言。武器就是这样的东西，就是为了杀人而存在。"

没有其他用途——老人说。

"因为没有其他用途，只好不去用它。那些穷究所谓剑道的人士，是明明能杀却不杀，所以才了不起吧。持有能轻易杀人的工具，也有纯熟的运用本领，但他们不用，对吧？这种厉害的人，比工具更要强大。能用却不去用，是件难事。就是能做到这一点，所以才了不起吧。可是啊，人这种生物没那么了不起，也没那么强大。大部分的人，都会败给手上的工具。"

会忍不住想要杀。

"至于为什么，因为办得到啊。因为杀得了啊。拿到剪刀就会想剪纸，拿到榔头就会想敲敲看，对吧？工具让人想要用它，就是这样的吧？我说过好几遍了，刀的用途就只有一个。所以用刀，就是砍人。用刀砍人就会死。所以刀……才可怕啊。"

"就算是这样……"

就算是这样，也不能归咎于刀吧？——美由纪说。

"没这个道理吧？对不对，敦子小姐？因为这……"

"我不是在说那个。"老人说，"伤了人，杀了人，当然是那个人的罪。"

"那……"

"我是在说，如果这世上没有日本刀，那家伙还会伤人吗？还会杀人吗？"

美由纪沉默了。

"没错，就算赤手空拳、手无寸铁，还是有办法施暴。可是啊，如果这世上没有武器这东西，光是这样，就能少掉一大堆伤人的和受伤的了。如果没有刀，就没办法砍人了。所以我打磨的这玩意儿，是杀意。"

老人的眉间刻画着深深的皱纹。

"所以了，小姐，只要是刀，每一把都是魔剑，全都是妖刀。拿到刀的人，就一定会想砍人。除非拿刀的人比刀更强，或是弱到没法用那把刀，否则对这些人以外的人来说，什么刀都是魔性的工具。如果刀是**钝的**还好，就算拿来砍人，也砍不出什么伤。但锋利的刀，打磨得雪亮的刀……"

就是会杀人——老人说完，将刀放回原处沉默了。

然后磨刀师从水盆里掬了一些水浇在磨刀石上，接下来便深深垂下头去。

是在为什么后悔吗？或是认命？敦子觉得都不是。是接近畏惧、祈祷这一类的沉默。

"鬼刀啊……"

老人喃喃说道，美由纪有了反应。

"刀有时会让人变成鬼，但如果鬼拿到刀，会怎么样？"

"咦？"

"鬼能做出人做不到的事。是某些地方超越了人的东西。而刀有时会让人变得不是人。因为不是人，才有办法砍人。可是，如果原本就超越人的鬼拿到了刀……"

说到这里，老人大大地叹了一口气。

接着转向里面的房间，片刻之间一动不动。

"买下那把刀的是我爸，大垣弥助。"

老人说道："那时候我还是个小毛头。我爸也才三十过半。那是……"

"明治二十五年（一八九二）。"敦子说。

"你说是就是吧。听说我爸是安政年间出生的，明治维新的时候十岁还是十一岁。"

说到九十六年前，居然是江户时代吗？敦子为这理所当然的事实兴起感慨。

"他是武州的日野人。我爷爷也是磨刀师，不过是卖武具的。那一带有八王子千人同心[1]，连农民也自称乡士，自以为武士，所以虽然是乡下地方，但生意似乎不错。对了，你们知道新选组吗？"大垣问。

"鞍马天狗的敌人，对吧？"美由纪说。

大垣嗤之以鼻。

"你居然读那么老的小说？"

"我在电影上看到的。"

"我不看那种东西。新选组就是幕府那边的杀手吧？"

敦子不清楚新选组在历史上的定位。

但是对于在京都长大的敦子来说，新选组就像大垣说的，只是一群杀人的无赖。也许是因为他们的驻地位于壬生，现在仍被蔑称为"壬生狼"，备受忌讳。

"可是啊，在武州不是这么看的。因为不管是局长近藤勇，

1　八王子千人同心，江户幕府官吏职名的一种，负责警察、庶务等事务的下级官员。

还是副长土方岁三，都是武州人。农民出身，却有资格谒见将军的人，难得一见。应该就只有近藤勇一个吧。所以他在故乡人人爱戴，是飞黄腾达的大剑豪。然后，土方家是富农，亲戚是日野宿的村长。这名村长喜好剑术，应该也富有人望。好像还组了叫春日队的农民军，听说我爷爷也受到诸多照顾。"

大垣又望向里面的房间。

"不过，新选组在戊辰之战中大败，近藤勇也被斩首了。听说我爷爷还特地跑到板桥去看。"

"去看斩首吗？"

"是啊。在那个时代，斩首是一种表演。用现代的说法，就是公开处刑。听说那时候还是小孩子的我爸也被带去了，他才十岁出头而已呢。不过听说人山人海，挤到什么都看不见。那天好像还有窃贼之类的枭首示众，所以人潮汹涌。不管被捧成多厉害的英雄豪杰，最后也是沦为罪人，跟个小贼一起被砍头。变成人渣的同类，是一等一的匪类恶徒。正所谓胜者为王，败者为寇。"

用来砍头的也是刀——老人说：

"说本来以为会把砍下来的头示众，没想到一下子就拎去别的地方了，我爸没能看到近藤勇长什么样。"

敦子听说近藤勇的首级被送到京都，放在三条河原示众。

"这和新选组……有什么关系吗？"

大垣没有回答，反而说：

"一般来说，首领死了就结束了，但新选组却没有完。他们明明一败涂地，首领都被砍头了，但据说他们还是阴魂不散，不肯解散。我不是说余党、新生新选组那些的。虽然好像有过几次离合聚散，但最后他们加入幕府的军队，北上去了，对吧？"

"虽然成立时的成员似乎都不在了……旧幕府军从日光朝会津逐渐北上，转移战场，最后搭乘榎本武扬夺取的军舰，前往北海道了，不是吗？是箱馆战争吧？"

"是虾夷。"大垣说，"新选组的副长跑到虾夷地去了。"

"是……土方岁三吗？"

"没错，鬼副长土方岁三。"

"鬼副长？"

"就是鬼啊。"磨刀师强调说，"至于为什么是鬼、哪里像鬼，我完全不懂。毕竟是明治维新前就已经死掉的人，所以那个叫土方的是个怎样的家伙，我完全不知道，也不想知道，只是他的事自个儿传进我的耳朵里。有人赞扬他，也有人贬低他，不过无论是褒他还是贬他的人，都一样说他……"

是鬼。

"然后，那个鬼去了虾夷，死在虾夷，对吧？"

"似乎是。"敦子答道。

"我爸买下的就是土方岁三的刀。"

"所以才说是鬼刀吗？"美由纪惊讶地小声轻呼，"怎么会……"

老人淡淡地笑了。

"哎，先听完吧。说来话长啊。"

老人说是往事了，是老人出生前更久以前的事。

"都是听来的。幕府瓦解的时候，我爷爷还在日野。箱馆战争结束后过了一段时间，听说已经入夏了，日野的村长——据说是土方的姐夫，他资助新选组，也供应武器。我爷爷是卖武具的，所以也多方协助。有一次，一个脏兮兮的乞丐拜访那个村长的家。仔细一看，人还很年轻。那小子自称龟太郎，说是从箱馆幸存回来的残兵。"

如果是年龄小、地位低的步卒，投降后也有可能未受囚禁，获得赦免吧，敦子这么说。

"我不懂复杂的事情，我只是说出我听到的，事实怎么样我不知道。听说这个龟太郎带着土方留下的文件，还有遗发什么的，是送这些回来的。千里迢迢，特地把死在形同异国的土地的亲人遗物送回来，很令人感激，对吧？所以村长暂时收留龟太郎，照顾他的生活。我爷爷好像也见过他几次。然后，这个龟太郎……"

大垣整个身体转向敦子二人。

"说土方岁三过世前不久，让一名叫市村的侍童从箱馆逃了出来。当时土方将两把刀，还有他在箱馆拍的照片交给了市村。土方严命市村一定要活下来，去找他日野的姐夫。龟太郎说他那时候刚好人在五棱郭的走廊还是哪里，不小心听到的。他说土方大声吼叫，命令市村去日野。"

"那个叫市村的人……"

"听说上了船，所以最迟也应该在两个月前就抵达横滨了才对。龟太郎逃出箱馆，是战败以后的事，所以抵达日野的时候，都已经是盛夏时节了，所以这事实在蹊跷。市村不知是迷路了还是遇上了事故，总之是出了什么事。所以我爷爷跑去东京找人。"

真是个好事之徒——老人随口这么说：

"我爷爷好像因为做生意的关系，频繁前往东京，但那时候还特地跑去横滨调查。据龟太郎说，市村离开五棱郭，是阴历四月中旬的事。是官军发动总攻击前。那时候的战争，和上一场大战相比，应该悠哉得很吧，但总攻击的时候，商船还是无法进出。所以如果是搭船逃离的话，时间点应该是那时候。"

"总攻击应该是四月底到五月那段时间。"

"就是吧？如果阴历四月中旬从箱馆出发，应该在阴历五月前就到横滨了才对。他这么估计，四处打听，发现有艘外国蒸汽船在阴历四月底偷偷载了个侍童进港。"

真是锲而不舍啊——老人语带嘲笑地说：

"据我爸说，那时候的我爷爷，感觉有些吓人。我爷爷查出东京有家叫大东屋的商家跟那艘外国船有交易，折回东京逼问那名侍童的下落。结果对方说，确实阴历五月初，有个叫市村某某的小子来过，宣称是土方岁三的遗物，拿出一些写了字的零碎纸张要卖，但那时候土方岁三……人还没死。"

"却说是遗物吗？"

"箱馆总攻击是阴历五月十一日，土方也是那天过世的，接到他战死的消息，是更久以后的事。所以大东屋怀疑那名侍童是在讹诈。"

大垣嘴角往下垮去，他在笑。

"可是啊，那个市村从箱馆搭蒸汽船过来这件事错不了。而且字条上也有像是土方的签名，所以或许是真的。因此大东屋在不清楚是真是假的状况下，总之先买了下来，付钱给他。虽然市村埋怨钱太少。"

"感觉好差哦。"美由纪说。

"没错，相当可疑。紧接着大东屋好像收到土方本人的信。信上要求把交给市村某某的东西全部换钱给他，所以似乎不尽然全是谎言，但根本没什么值钱货。去找大东屋的市村没带什么刀。噢，我爷爷去到大东屋的时候，已经接到土方战死的消息，他把那些废纸什么的全部买下来，说要带回老家，看看是真是假，但没有龟太郎说的两把刀和照片。"

听说八成是在横滨拿去典当了——老人自嘲地接着说：

"听说市村虽然是个败逃武士，穿戴得却挺人模人样的。褪下了军装，衣着也很整洁，和一路跋涉到日野的龟太郎是天壤之别。应该是在横滨弄到了全套衣裳吧。可是贼军的侍童不可能有钱，既然如此……"

"那么，那家当铺，呃……"

敦子翻开记事本，但上面只写了凶手依田的名字。

"我爷爷当然又去了横滨村，到处找当铺打探。大东屋好像说了当铺名字，但似乎不是那里。结果没有找到。市村也下落不明。我爷爷虽说好像一直没有死心，但听到市村回乡、参加西南之役这些风声，实在也没那个空闲跑去那些地方确认吧。刀和照片都没有找到。"

依田的亲戚收掉当铺，在上野开了旧衣铺。改行的时期不清楚，但如果收购市村某某的刀以后，立刻离开了横滨，也难怪会找不到吧。

"然后……我爷爷一直到死，都对这件事很不甘心。我说你们，你们知道为什么我姓大垣吗？"

老人不知为何，露出戏谑的表情来。

"进入明治以后，平民也可以有姓氏了，不过可不是叫人取个全新的姓。就算是农民，原本也是有姓的，只是不能拿出来用而已。土方家也不是士族。近藤也是，听说原本姓宫川。当然，没有姓的人好像是取个新的姓，我们家本来就有姓，但登记的时候，却是登记成大垣。"

"这是为什么？"

"市村……名字是叫铁之助来着？那个侍童本来是美浓大垣藩藩士的儿子。"

"大垣这个姓……就是从这里来的？"

"没错。如果市村回故乡了，人应该就在那里，总有一天一定要去找他，弄清楚这件事，刀或许已经卖掉了，但照片或许还带着——就是这么回事。听说我爷爷叫醒正在睡觉的我爸，交代说，我死后你也要继承我这份遗志，为了让子子孙孙铭记在心，要用大垣当我们的姓氏。"

完全就是执念——老人说：

"或许已经疯了吧。这种事有什么好执着的？就连土方家都没这么在乎吧。事实上，我就听说有其他地方找到了照片，交给了土方家。所以后来我爸说，我爷爷或许精神出了毛病吧。但小时候的我哪儿懂这种事，一心只觉得就该这么做，在这样的观念中长大。"

老人凹陷的眼睛一片沉郁。

"我会对这种鸡毛蒜皮、无关紧要的事这样如数家珍，也是因为从小就听我爷爷、我爸说个不停。我爷爷在明治二十五年（一八九二）春天过世……"

那时我七八岁——老人说。

是片仓柳子遇害那年。

"执念这东西，还是会把人变成鬼。失了常度，就会招来人做不到的事。刚过完年我爷爷就中风去世了，没有几天，日本桥的艺伎就被人杀了。当时杀人的凶器日本刀，被送去寺院供养祭拜，这事也太荒谬了。"

"怎么说呢？"

"废话嘛。刀原本就是用来斩断邪气的。不管砍了再多人，刀本身也不会染上污秽。"

老人粗声粗气起来。

"不管是魔剑还是妖刀，都是一样的。刀会让拿刀的人变成鬼，但砍人后收回来的刀也会斩鬼。千锤百炼的钢铁是不会污秽的。刀会沾上油脂，但会反弹鲜血，绝不会渗透。刀不是鲜血能污损的。除非折断，否则只要研磨，就能去除污垢。刀可以献给寺院神社，但从没听过要寺院神社供养刀的。寺院才不会供养刀。所以被拜托的寺院也不知所措，要对方先把沾上血脂的刀打磨过。这差事……找上我爸这儿来了。"

"是巧合吗？"

"我哪儿知道？"老人说，"那个时候我们已经住在这一带了。爷爷病倒，武具行关了，我爸专营磨刀。我不知道他接下时都经历了什么。"

应该是巧合吧——老人说：

"这种事不是能操纵的。再怎么想要，也不是就能如愿的。只能说是因缘际会。不，这完全就是命中注定。砍了艺伎的刀只有一把，但和尚送来的刀却是两把。而且……还附了照片。上面是个穿西服的男子，背面写着'使者敬托关照 义丰'。义丰——是土方岁三的讳。"

确实是命中注定。

没有其他解释了。要说因缘，这才是因缘吧。

"我爸当时的表情，我到现在都还记得一清二楚。两眼暴睁，鼻翼撑大，整张脸涨得通红。他气喘如牛，好一阵子吼着莫名其妙的话，没多久就冲到佛坛去，拼命摇铃。我跟我妈两个人张大嘴巴看着，心想我爸终于疯了吗？"

"那……真的是土方岁三的刀呢。"

"真的是。一把是十一代和泉守兼定，另一把没有铸者姓名。砍了艺伎的是无铭的那把。我爸别说收磨刀钱了，还砸大钱把刀买了下来。所以根本没送去寺院供养。对方也不可能有意见，毕竟不仅可以摆脱麻烦，还有一笔钱可拿。"

鬼刀……

"我爸买下刀，暂时供奉在佛坛，早晚膜拜，然后那年秋天，把兼定和照片送去日野的村长家还是土方家了。日野那里好像也听说了土方岁三的佩刀是兼定这件事，但无铭的那把，无法确定是否真的是土方的遗物。说土方把两把刀托给市村这事，只是龟太郎一个人的说法，就算是真的，也不知道是不是那把刀，所以那把无铭的刀……暂时就放在家里。"

然后——大垣喜一郎说道，重新坐正，再次从头到尾把美由纪和敦子细看了一遍，就像在打量她们。

"到这里呢，嗯，就是也有这么一件事，但是接下来……"

就是因缘了……

"我觉得光是这样就十足因缘巧合了。"美由纪说。

"不是。要是这样就结束了，那就是我爷爷，一个精神出问题的老头子的执念招来的结果。管他是因缘际会还是巧合，反正就是有这种事的。如此罢了，不过不是这样的。"

是阳光的角度使然吗？

磨刀师的脸色真的眼看着就沉了下去。

"那是我十五岁的时候。我拜我爸为师的第五年，我妈在前一年过世了，我和我爸两个人住。这时有个女人上门来了。五十开外，但风韵犹存，我觉得是艺伎之类的身份，结果不是。那女人是被杀的艺伎的母亲，叫凉。"

"啊！"

美由纪惊呼，她应该想到了。

"难道……凉女士和土方先生……"

美由纪说到一半，老人打断她："不是那种男女之事。"

"可是，我听说那位凉女士说她爱上了鬼。鬼是那个姓土方的人吧？然后在天涯海角被官军枪击，险些丧命……这里说的天涯海角，不就是北海道吗？"

"就说不是那种**天真的**情节。"磨刀师说，"凉女士或许爱慕着那个姓土方的家伙吧。因为她说当时她都还留恋着他。我是听她本人亲口说的，可不是从我爷爷还是我爸那里听来的。"

是我自个儿的记忆。

"凉女士说她父亲跟片仓一样，是做刀剑买卖的，不过好像是个很糟糕的父亲。脾气暴躁，又是个大醋桶，动不动就拳打脚踢，最后甚至用卖的刀砍死老婆，杀了人之后突然怕了起来，自己一索子吊死在门楣了。凉女士说，当时她是个还不懂事的小女孩，眼睁睁看着母亲被砍死，砍死母亲的父亲在眼前上吊，却懵懵懂懂，好几天就这样盯着尸体看。"

确实太惨了。

这根本不是什么强迫殉情。

"然后，她说小时候的她就想，上吊好脏，横竖都要死的话，想要被砍死。"

"被砍死？"

"我不懂那种想法。首先，我根本不会想死。虽然有朝一日总是要死的。"

老人按住自个儿的颈脖。

"可是，在年纪那么小的时候，看着父母凄惨的尸体过上好几天的话，或许也是会有那样的感受吧……我这么想。不过，上门来的凉女士看起来也不像那种精神有问题的女人。后来她被同行的片仓屋——现在的片仓刀剑铺收养，在那里长到十二还是十三岁的年纪，卖身到置屋了。她说她把自己卖了，把卖的钱全部交给片仓屋，只要了一把刀，就这样走了。"

"那是……"

"不是。"

大垣当下否定。

"凉女士带走的刀，是二代和泉守兼定——俗称'之定'的铭刀。"

"不是一样吗？土方的刀也是一样的名字吧？"美由纪说。

不，即使刀铭相同，代也不同。

"市村拿来的是十一代，是会津兼定。十一代也是把好刀，但会津兼定是江户末期的刀工了。凉女士带走的之定是关兼定，是室町的刀匠。之定在当时也别具一格，是美浓首屈一指的名匠。在江户那时候，好像甚至被称为千两兼定。现在价格也高到令人咂舌，而且极为锋利。"

真想磨磨看——磨刀师说。

"那位凉女士为什么要带走那把刀？是为了穷途末路的时候可以变卖吗？"

既然身价千两，那么果然是为了钱吗？

老人看向敦子。

"不是，那把刀……"

是砍死凉女士的母亲的刀……

"咦？"

"凉女士说……如果可能，希望自己也被这把刀砍死。"

"这……"

"所以说我不懂。我是不懂，不过也是有这种事吧。人心的黑暗……"

比想象中的更要深重啊。

敦子感到一丝寒意。

"她说父亲的死相脏得令人作呕，但母亲的死相美得令人着迷。哎，我是听说过吊死鬼的死相有多难看，应该就是吧。"

"她说所以她才会觉得既然都要死，想要死在刀下吗？"

"就是这样吧。然后……凉女士一直在寻找能用那把砍死母亲的刀砍死自己的人。最后她终于找到了。"

那就是土方岁三。

"凉女士说，那不是人。"

"是……鬼吗？"

"我怎么知道？"老人说，"要我说多少遍？我不认识那个姓土方的家伙，也没见过他。不过世人都说他是鬼，那他应该就是鬼吧。可是，土方没有砍死凉女士。"

"一般人才不会这么做。"美由纪说，"我觉得就算拜托，也不会有人这么做。难道以前有吗？"

"以前跟现在都不会有人这么做吧。"老人答道，"不过既然是鬼，应该不是一般人。但凉女士说土方没有砍死她。至于为什么没有动手，这我就真的不知道了。凉女士说她把之定送给了土方，但后来鬼去了京都，成了新选组的副长。凉女士好像也跟了过去，但不管跟到哪里，愿望都没能实现。她不断地跟着北上，终于跑到箱馆去了，结果土方死了。"

我是不知道两人之间有过什么——大垣再次说：

"不过，应该跟两位小姐所想的情啊爱的有些不同。不，或许一样，但对方是鬼，然后两人之间有刀。就算是相同的感情，也没法有相同的发展。"

是魔性的情爱啊——老人声音沙哑地说：

"只是我不懂鬼有没有情爱就是了。送给土方的之定听说在前往会津的途中折断了。至于十一代兼定，凉女士说应该是有人赐赠的。"

"请等一下，"敦子打断他，"那位凉女士来找大垣先生做什么？"

　　大垣露出极悲伤的眼神。

　　"她叫我爸把刀让给她。"

　　"让给她？"

　　"就是，她要我爸把**砍死她女儿的刀**让给她。她这么要求。她说她和砍死母亲的刀活了大半辈子，那把刀送给鬼了，这次她想要砍死女儿的鬼刀。她一定是……"

　　不这样就过不下去吧。

　　刀很可怕。

　　非常可怕。

　　或许就是这样的。

　　"所以才会说是因缘。这已经不是我爷爷的执念了。不是疯老头子的妄想可以解释的，那是更深的因、更广的缘。完全就是因缘，鬼的因缘，难道不是吗？"

　　这……果然还是巧合。

　　但这样的巧合，就叫作因缘。这一点错不了。

　　"我爸把刀给她了。我不懂我爸在想什么。可是我爷爷也死了，另一把刀也归乡了，只剩下那把刀留在这里也没用吧。留着也没意义。凉女士说要付钱，但我爸拒绝了。凉女士把之定送给了土方，辗转曲折，回来的是一把无铭的刀。想想其中的差额，等于是我们所费不赀。凉女士她得到刀以后，没多久就过世了。只剩下刀……留在片仓家。"

　　那把刀。

　　"片仓家由凉女士的儿子利藏先生继承了。利藏这名字虽然字不同，但也许是来自土方，或许这才是巧合，但我没有听说究竟是怎样。利藏先生人很随和，年纪比我大上一轮，但他说我们有缘，特别关照我，也常给我工作。利藏先生一直留着砍死妹妹的那把刀。因为是无铭的刀，不知是卖不掉，还是不肯卖……"

我一直都忘了——老人喃喃，又说了一次"真的早就忘了"。

"我爸应该也都忘了。人的这种妄念，我以为只要人死了，用不着几年就会消失殆尽。不管再怎么强烈，一样会被时间冲淡。可是……"

刀能保存上百年——磨刀师语气严峻地说：

"就算是远古的刀，只要妥善保管和保养，一样锋利。永远都能那么锋利。如果不利了，打磨就行了。永远都能砍，多少人……"

都能砍。

"你们猜的没错，杀死利藏先生后妻的女儿静子的刀，就是我爷爷一直在找，被我爸找到，送给了凉女士，有可能是土方岁三用过的刀。那不是商品，所以应该摆在壁龛之类的地方吧。"

刀不是特地拿出来，而是**一直摆在外面**吗？

"小偷用它杀了静子，这也是巧合吧。歹徒并非特别想用那把刀，也没有人拜托他用那把刀杀人，所以才叫因缘。刀……"

非常可怕的。

"如果那不是刀，根本就不会出现这样的因缘。"

老人敲了一下水盆边缘。

水溅了起来。

"请人像杀了母亲一样杀了她、砍了她的凉女士，结果没有被任何人砍杀，然而她的女儿和孙女却被刀砍死了。世上哪有这样的因缘？听好了，几年前，某本杂志刊登了一篇文章，提到一把会让得到它的人疯狂的妖刀。我是没有读，是有人告诉我的。"

"好像有这篇文章。"敦子应道。

"但根本不是那么回事。"大垣再敲了一下水盆，"不是那样的。要说会让拿到的人疯狂，每一把刀都是。我刚才也说过，刀就是这样的东西，可是不是的。就像小姐说的，就算是这样，杀人的也不是刀，而是人。所以受罚的是人。天经地义。可是啊，就算凶手落网、受罚，因缘还是会留下。只要刀还在，因缘就在。这样的因缘……非斩断不可。非断绝不可。"

"您是说，这次的试刀手事件也是如此吗？"

老人沉默。

"那么，为何您要打磨那把刀？就是因为大垣先生打磨，让它恢复锋利，罪行才会一再上演，不是吗？以结果来说，春子同学也被杀了，这表示因缘还在持续，不是吗？这次不就是大垣先生招来这可怕的因缘的吗？"

大垣再次背过脸去，说了声"不"。

"不对。"

"哪里不对？"

"因缘已经断了。"

"这……"

确实，世上已经没有凉的血亲了。春子是最后一人。

"跟血缘无关吧？大垣先生您自己不是说了吗，重点是刀，刀还在啊。如果警方把刀归还给您，您又要打磨它吗？"

"跟你们无关。"老人说，"能说的我都说了。我说得太多了。我平常不是这么多话的。你们走吧。你们已经懂了吧？"

"不懂。"敦子说，"您说的话我理解了。我认为整件事可以说是曲折离奇。但是，问题是现在发生的事件。有什么事正在发生？发生了什么事？春子同学为什么被杀了？我们只是想要知道这些。"

"我怎么会知道答案？"

"大垣先生，这位吴同学是春子同学的好朋友，她打从心底为春子同学的死哀悼。您还知道更多事，对吧？"

"我不知道。我只顾磨我的刀。为什么磨刀？因为有人委托。我只有这个答案。"

"那把刀是杀死静子小姐的刀吧？"

"对。刀柄外观整个换过了，不过就是那把刀。我不可能忘记。所以又怎样？刀……就是刀。"

不可能忘记吗……？

老人说把刀交给凉时，他才十五六岁，应该还只是个学徒，不可能让他打磨这把大有来头的刀。当时是父亲弥助磨的。

这样的话……

"您说您记得的话……代表十八年前的事件之后，也是您亲自研磨那把刀的吧，杀死静子小姐的刀？"

"是我磨的，所以怎样？"磨刀师简短地回答，"要我说几次才懂？我是磨刀师，只要有人拜托，什么样的刀我都磨。听清楚了，我再说一次，刀身或许会脏、会损伤，但绝对不会污秽。因为刀本身就是被除污秽、斩断污秽之物。那个时候，利藏先生来拜托我清除刀上女儿的血污，所以我真心诚意地打磨了。那把刀也就像是凉女士的遗物。"

"鬼的因缘……是不是就这样被保存下来了？"

"因缘这东西，不是我这种人能左右的，不是人能够插手的。人无法斩断因缘或让因缘延续。确实，磨刀就像是在协助杀人。这我也说过了吧。我做的这行就是这样的。遇到损伤的刀，就打磨、保养，多少次都一样。"

一次又一次。

多少次都一样。

——原来如此。

假设凶手是宇野。

为何宇野要用同一把刀杀人？

片仓是刀剑铺，刀要多少有多少。只要砍了人，刀子就会损伤，但就算不送去打磨，只是拭去血迹，稍加保养，应该还是可以蒙混过关。或许会减损其锋利度——不，如果换把刀，即使短期内送多把刀去打磨，引起怀疑的可能性也会大幅降低才对。如果在四个月这样的短时间内多次行凶，不断换刀才是聪明的做法。

是有什么执着于那把刀的理由吗？

敦子思考。

说起来……

为何会挑在这种地方行凶？

宇野平日的活动范围都是下谷的公寓，或者是片仓刀剑铺。在自己的生活圈内多次行凶，风险应该颇大，但是为什么会选择世田谷？

是不是因为接近这名磨刀师的家？

不，不光是这样，是因为……

原来如此。

刀根本没有送回片仓刀剑铺。

磨好领回之后就杀人，杀完人便直接送过来研磨……是不是这样？

既然如此。

就不必像贺川所提出的疑问那样，冒着风险带着日本刀搭电车了。不过……

——宪一不会来这里。

送刀来磨的不是宇野。

敦子看向老人。

"您……是在包庇谁吗？"

"包庇？你说我？为什么？我才没那么好心肠，也没欠谁恩情。我才不会包庇什么人。"

"宇野先生已经招供了，他说全是他干的。"

"那就是吧。"

"你们一起住了很久吧？宇野先生是那种会随便找人下手杀害的人吗？"

"我哪儿知道？我懂刀剑的状况，但可没有看人的眼光。我爸也是一样。连我儿子都受不了搬出去了，我们父子都不是什么好东西吧。就算一起住过，也不是就能懂什么。如果他说是他干的，那就是吧。"

敦子环顾屋内。

寻找宇野在这里生活过的痕迹。

大垣喜一郎应该是个好人。

敦子这么感觉。

她认为大垣对宇野也颇为关心——即使现在也一样。如果老人替宇野说话，那另当别论，但他说的却又截然相反。

他在隐瞒什么吗？

"大垣先生，"敦子说道，"除非宇野先生被诊断出精神或神经方面的疾病，否则非常有可能被判处极刑。毕竟他伤了三个无辜的人，杀死了四个人。"

"死刑吗？"老人说，重重地叹了一口气，"跟近藤勇一样，是一等一的匪类恶徒。"

"这样好吗？"

"什么好不好？宪一想要被判死刑的话，那……"

"喜一郎先生。"

冷不防地……

里屋的门打开了。

门内站着一个像幽魂般憔悴的和服妇人。

"啊……"

美由纪"噌"的一下站了起来。

"你是美由纪同学吧？"那妇人说。

"阿、阿姨……"

是……片仓势子吗？

敦子也站了起来。

"喜一郎先生，已经够了。我不想要宪一被判死刑。"

"势子女士，可是……"

"无论如何，这样就结束了。挺好的，不是吗？"

"一点都不好。这样宪一的……"

"杀了春子的人是我。我就是昭和试刀手。"

片仓势子说："我……要去投案。"

敦子彻底陷入茫然。

5

"我觉得可怕极了。"

片仓势子说完，垂下头去。

这里是玉川署的房间。敦子第一次来访时的那个房间。

片仓势子突然从大垣家里屋现身，敦子大吃一惊，但那只不过是地点和时机令人意外罢了。

她的招供内容本身，与敦子预测的几个真相差不了太多。尽管尚未看出事件全貌，但舞台上的演员就那么几个，选项并不多。

虽然……前提是先不论真假。

势子说要向警方投案，敦子稳住她，先联络了贺川。

虽然感觉没有逃亡之虞，但慎重起见，敦子留下来，请美由纪去派出所打电话。

这样比较省事。

贺川在怀疑磨刀师。他之前曾严词警告敦子不要鲁莽地拜访大垣家。如果不小心说出她人在大垣家，肯定得挨一顿骂。

但她没心情在电话里听对方训话。她料定如果是美由纪，即使不小心说漏嘴，贺川也不会啰唆什么。

如果贺川人在警察署……

就说中禅寺敦子说，已经找到下落不明的春子的母亲，春子的母亲有重要的事情要说，我们现在就把她带过去……

敦子请美由纪只要转达这些就行了。

即使势子突然自首，也只会让场面陷入混乱。

再说，敦子不认为可以对势子这番迫切的招供照单全收。

虽然迟早会对势子的说辞加以仔细分析，她也并非过度看轻警方的能力，但她认为首先应该通知贺川一声才对。而且这名矮小的刑警为了厘清真相，非常拼命。

美由纪回来前的那段沉默的时间，气氛极为紧绷。大垣喜一郎只是盯着片仓势子看，而势子低着头，强忍着什么。

现在，势子依然低着头。

美由纪懊恼地看着那张侧脸。

"哎呀哎呀……"

贺川不停地用双手擦抹着自己的额头。

"这实在是，哎呀哎呀，真教人头大。哪有现在才来说这些的？不不不……"

没有这样的啦——贺川窝囊地说：

"中禅寺小姐，你啊，我不是那样严厉警告，请你不要去大垣先生那里的吗？结果怎样，你还是去了吧？"

"对。"敦子坦诚以对。

"你怎么就去了呢？"

"我妨碍侦办了吗？"

"不不不，以结果来说，你找到了这个人，把她带来，所以我也不啰唆什么了，可是万一你被大垣先生一刀砍死，那可怎么办？你跟这姑娘有可能被一刀两断呢，对吧？要是那样，我会有什么下场？不，我不是在说自己的立场、面子怎样，跟警察身份也无关，可是那样一来……就会变成因为我告诉了你，而把你给害死了，对吧？不好意思，这会造成我一辈子的阴影的。我会后悔一辈子的。虽然你现在没事，皆大欢喜啦。"

"真的很抱歉。"敦子行了一礼。

贺川微微鼓起腮帮子，再说了一次"虽然是皆大欢喜啦"。

"好啦，既然你们没事，这边就不计较了。倒是片仓女士，你，我问过你好几次，但你从来没有说过是你干的，对吧？"

势子没有回答。

"对你，前前后后我可是侦讯了四次呢。你从医院回来后一次，你回家后三次。等于是你回了一次家，然后跑到大垣先生家去，后来就一直躲在那里吧？那么，你是从大垣先生家过来这里接受侦讯的吗？最后两次是这样吧？嗯，杂志、报社记者会找到家里去，你会想要躲起来，也不是不能理解，但不告诉警方你的所在，是违反规定的。你……"

嗯……贺川表情扭曲，仰起身子。

"原来如此。也是啦，你一开始说凶手不是宇野嘛。我告诉你宇野已经招供的时候……你的表情很微妙嘛。后来，嗯，我们也没说人就是你杀的，也没问是不是你杀的，所以你也不算撒谎……倒不如说，如果真是如此，你就是隐瞒了这件事。我说啊，缄默是权利没错，对自己不利的事，不用说出来是没关系，可是这样一来，就等于是让宇野背黑锅，不是吗？等于是宇野在包庇你。还是怎样，你以为有人包庇你，就可以逃过一劫吗？不，就是不这么认为，你才会来这里呢。所以，嗯……"

贺川眼睛向上，讨好似的看向敦子。

"你有什么看法，中禅寺小姐？啊，之前那些我就不计较了，我想请教你身为科学杂志编辑的意见。"

说到这里，刑警在意旁人似的左右张望了一下。

"噢，你没有让她直接投案，先联络我，真的帮了大忙。要是直接投案，我绝对免不了挨训，说你问案是怎么问的，眼睛是长在哪里？"

我到底是怎么问案的……？贺川整个人萎靡下去。

"贺川先生，我可以说说我的看法吗？"敦子开口。

"请说请说。"贺川说。

"假设……相信这位片仓势子女士的说辞好了，那么贺川先生所质疑的身高的问题，某种程度就可以获得解决了。因为这位女士不像宇野先生那么高。"

"嗯……是这样吗？"

"然后是凶器的问题。行凶之后，凶器被送去大垣先生那里保养，对吧？大垣先生也做证说他磨过凶器吧？"

"对。"

"可是大垣先生声称送刀去磨的不是宇野先生。"

"他是这么说。他说送刀去的是片仓。"

"他说去领刀的也是片仓，对吧？"

"嗯？啊，你问过了？嗯，既然说宇野没去，那就是这样吧。"

"没错。"

——宪一不会来这里。

"宇野先生好像没有去大垣先生那里。"

"但就算是这样，也不能说这个人就是凶手吧？她确实身高很矮，但也只是这样而已。嗯，如果说是她送刀去磨的，那么这个人就是凶手……要不然也知道凶手是谁？……至少知道自家的刀是凶器……应该是这样吧。"

"不是这样，是搬运凶器的问题。"

"搬运？"

"凶案全部都发生在这个玉川署的辖区——驹泽棒球场周围一带。但片仓刀剑铺位于下谷，两地并不近，不太可能徒步往来。而且带着日本刀长距离移动很危险，带着日本刀搭电车更危险。而且刀身是裸露的，对吧？"

"对，太离谱了。就算是木刀，要是直接拿在手上，警察也会叫住盘问，遑论日本刀。要是发现有人带着日本刀在街上走，警察当然会把人拦下来盘问……啊，原来如此。就算宇野没办法，势子女士的话就办得到吗？"

"办不到。"敦子说。

"办得到吧。因为她是刀剑商啊。"

"没错，片仓势子女士是刀剑商，做的是刀剑买卖，所以我们很容易认为她可以堂而皇之地运送日本刀。但就算是这样，带着裸露的日本刀行走依然十分惹眼，警察也不会放任这样的人在街上行走吧？"

"嗯，当然会拦下来盘问吧，又不是脸上写着'刀剑商'。不过刀剑商有登记，应该不会有事吧。"

"不可能没事。"敦子说，贺川的眉毛垂成了八字形。

"怎么会？不是有登记证吗？"

"没有。"

"什么？"

"刀剑类和枪械不同，贩卖刀剑本身并不需要许可。应该是……每一把刀都附有经教育委员会审查之后发行的登记证。"

"是啊。"

"不是片仓刀剑铺拥有可以合法持有刀剑的证照，而是刀本身附有证明这把刀已经登记的证明书，应该是这样吧？"

"是这样没错，可是……"

"就是这样。凶器是直接拿出来的，当然不可能附有登记证。拿着没有和登记证放在一起的刀剑，就已经算是非法持有了。"

"是……这样吗？"

"应该是。不管是谁持有，只要刀剑没有附上登记证，就只是单纯的凶器。即使能确认这位女士的身份，查明她是刀剑商，并酌情通融，在实际看到那把刀的登记证之前，警察都应该不会放人吧？"

"说得也是。"贺川说。

更基本的问题是……

"如果被警察盘问的时候，刀上沾有血污，就无从抵赖了吧？"

"那当然了。"

"即使收在盒子等容器里面，连同登记证一起携带，要是看到血迹，警察就会调查吧。那么如果刀是拿去犯罪了，歹徒在这部分应该会更加谨慎才对。最起码应该会带着登记证，如果是用布仔细包好，或装在桐盒里等等，弄得不会引起怀疑，那还可以理解……我不认为这位女士会不清楚这些。"

敦子看向片仓势子。

那把刀……不是商品。

当然，即使不是商品，只要持有，就必须登记。

枪炮刀剑类有登记义务，应该是战后的事。

敦子稍微查了一下。

这个制度的出现，是为了抵抗占领军的武装解除政策。GHQ（驻日盟军总司令部）似乎意图将所有的武器全面接收报废，但这类物品当中，也包括了许多在文化上、历史上值得保存之物，许多人提出抗议，说连祭祀的御神体、传家宝等都要没收的话，实在太过火了。简而言之，这个制度是用来保护、保存具有美术品、古董价值的日本刀等的。

换句话说，性质与公安委员会所认定的枪炮刀剑类许可并不相同。

枪炮刀剑类许可，是依据严格规范武器之持有、携带及使用的《枪炮刀剑类等所持取缔令》——所谓的《枪刀令》而设，对于持有者本身，当然会详加审查。

相对地，部分日本刀和火绳枪等旧式枪炮不被视为武器，而被当成美术品、古董，因此持有者的资格不受限制。相反地，每一样都会经过教育委员会的审查，发放登记证。

虽然不清楚细节，但刀剑商贩卖的刀，基本上应该是美术刀。

不是武器。

大垣说刀不是美术品，但在现今的这个国家，如果不是美术品，就无法持有或贩卖。

据说片仓家从江户时代起就一直从事刀剑买卖。战后，是片仓势子让片仓刀剑铺重新开业的。相关法令全面制定的时期，片仓势子应该就已经是老板了。那么她应该熟知这些规定。办理登记的人应该也是势子。

只是……

"宇野先生或许不知道这些。因为他好像只是个店员。可是，这位女士不可能不清楚。因为一切的手续都是这位势子女士亲自办理的……"

不过。

商品应该全数登记完毕了吧？

只是，敦子怀疑。

是不是只有那把刀**没有**登记？

敦子再次望向势子。

贺川神情严峻。

"不，请等一下，中禅寺小姐，这样的话，把刀带出去的果然是宇野？确实，这位女士不可能做出那种事嘛。是宇野冒失地把刀拿出去……可是又说送刀去磨的是这位女士？可是……不，到底是哪个？"

贺川轮番看着敦子、势子和美由纪。

"共犯吗？是你替宇野收拾善后吗？"

势子微微摇头。

"是我……一个人干的。"

"你啊，"贺川拍打自己的额头，"你说是宇野擅自拿出那把刀，然后你用那把刀杀人？不可能有这么荒唐的事吧。如果你坚称自己就是凶手，那么刀应该就是你带出去的。但为什么留下登记证，只带了刀出去？教人无法信服。因为……"

"没有……登记证。"势子声如细蚊地说。

看来敦子猜中了。

"没有？什么叫没有？你不是做生意的吗？为什么要做那种违法的事？还是怎样，因为刚从仓库里挖出来，所以还没有登记，是这样的吗？"

势子这回猛烈地摇头。

"那把刀以前杀过人，从明治时期就是片仓家的东西，但不是我的。"

"你不就是片仓家的人吗？"

"我只是和片仓欣造结婚，我不认为……自己嫁入了片仓家。"

"不就是同样一回事吗？"贺川说。

敦子不认为是同样一回事。

结婚是个人与个人的契约。即使会衍生出不同的角色分配，地位也完全是平等的。婚姻说起来就像是生活的伴侣契约，不是拥有或被拥有的关系。

相对地，就如同有"嫁入"一词，嫁是进入一个家庭。有家这个严格的系统，嫁便意味着被嵌入其中，成为一分子。家有世代承袭的金字塔式等级制度。配偶之间即使是平等的，在家中也存在不成文的序列和阶层吧。

因此敦子觉得这是截然不同的两回事。

听说纠缠片仓柳子的依田仪助，说"要柳子当我的媳妇"。

但敦子觉得"我的媳妇"这样的说法本身是有语病的。要说媳妇的话，应该是**我家的**媳妇；要说我的话，就应该说我的**妻子**。

敦子认为，如果说没有多大的差别也就罢了，但若要抨击陈规陋习，最好要充分留意措辞。对措辞漫不经心的人，多半在根本之处浑然无觉。

况且她认为妻子并非丈夫的所有物，因此说"我的"也有问题。不管怎样，如果要说"我的"，应该要称配偶才对。

总之，嫁入某家和婚姻之间，语意有着微妙的，有时是相当巨大的不同。对这个人来说，片仓家……

应该是无足轻重吧。

势子接着说：

"我们在一起时，欣造在公所上班，从片仓家自立门户。那个时候我很幸福。但是有强盗闯进片仓刀剑铺……欣造的妹妹被强盗杀死了。"

"强盗？是这样吗？那是什么时候的事？"

贺川问，势子说是很久以前的事了。

"然后……一切都变了。因为那场悲剧……婆婆悲伤过度，一病不起，公公虽然没有受伤，却也一蹶不振，搞坏了身体。欣造没办法，只好辞掉公所的职位，回到片仓家，继承了刀剑铺。后来没几年，战争爆发，先是婆婆过世，接着是公公，最后连欣造也走了。"

每个人都走了——势子木然地说：

"只剩下我和刚出生的春子留在那个家。"

有着不祥的凶刀的家。

鬼刀吗？

"你说不祥，是那把……"

砍过人的刀吗？——贺川表情扭曲地说：

"我说，你不是刀剑商吗？卖的是古董刀剑吧？以前的刀剑，每一把都半斤八两吧？砍过人的刀，不也多的是吗？再说，谁知道一把刀有没有砍过人呢？又不是砍了人之后就会留下印记。一定有很多砍过人的刀，我实在不懂为什么单单要厌恶那把刀。"

"如果是商品，那无所谓，但那把刀并不是商品。"

"不是吗？"

"那是片仓家的刀。那是**片仓家的东西**。如果我把那种东西拿去登记……"

就会变成我的了……

"我……不想成为那种东西的持有人。我和春子只是被留在那个家，那个家不是我们的家，那把刀也不是我的东西。说起来，宝贝万分地珍藏着砍死人的刀，那种人家……"

对我实在太沉重了——势子说。

原来如此。她不是觉得片仓家无足轻重，而是强烈排斥吗？

刑警以难以理解的表情注视着势子。

贺川应该是个好人，也充满正义感，但思虑仍有不够周全之处。

"战时……"

不是有金属回收令吗？——势子想起来似的说：

"虽然不知道是拿去做什么用，但锅子、水壶什么的，不是都被迫捐出去了吗？我也把铁壶、金属脸盆等等捐出去了……但一般不是也会把刀捐出去吗？"

"是啊，因为会拿去当成军刀。"

"但我那时完全没有想到这点。外子死后，店也关了，我从店头开始收拾，里间还有许多刀呢，然而我却完全没意识到可以捐出去。"

"但你们家是刀剑铺吧？警察没有上门回收吗？"

"没有。"势子说，"是因为店已经关了，还是怎么样，我不清楚。招牌也拿下来了，幸亏有公公的积蓄，所以生活暂时不用愁……虽然那时候有钱也没用……但战争期间，我真的什么都没做。就抱着还小的春子，几乎足不出户，躲藏起来过日子。"

与死去的家人。

和不祥的刀。

"一般如果有刀，应该会捐出去，但我真的没意识到。万一被发现，或许会被指责是叛国者，那个时候就算是只把那把刀捐出去也好，我应该捐的。那样一来，那把刀就会被熔掉，变成子弹之类的吧。可是我真的没意识到。它明明就摆在那里。"

势子伸出手。

仿佛刀就在前方。

"它那样不祥、沉重，一天二十四小时都压在心头，那样令人厌恶，我却看不见它。不，或许战争时期，那个家的主人不是我……而是那把刀。"

"哪有那么夸张。"贺川说。

不过，或许是有这种事的。

与欣造结婚的势子，由于静子横死，进入了片仓家。

势子直到此时，才成了片仓家的媳妇吧。但她才刚踏进片仓家，家人便相继过世，只剩下最后进去的媳妇留在家里。

以死为契机嫁入的因，历经死亡的连锁，结出了家中只留下媳妇的扭曲的果。

而构成这因果的缘的，依然是刀。

那里是隐宅，栖息在隐宅的是鬼。

鬼……是看不见的东西。

"战后武装解除的时候，你怎么做的？"贺川问，"GHQ从全日本收缴武器。刀也一样。光是关东东海，就有二十万把以上的刀剑被没收。听说赤羽的美军兵器补给厂都给塞爆了。那数量完全无法想象。"

"听说都丢进海里去了。"势子说，视线望向远方。

"是啊。我记得因为美国说要把没收的刀全部丢掉，结果引发反对声浪，说要把有价值的刀留下来。刀剑类的审查登记变成义务，说起来也是想要设法把那些有铸者姓名的刀剑保留下来的苦肉之计吧。你那里是刀剑铺，不是有一堆刀剑吗？没有人上门去接收吗？"

势子无力地摇摇头。

"没有人来。下谷在空袭中被严重摧毁，但我们的房子幸免于难。那一带没烧得太厉害，但还是死了很多人，也有人疏散去乡间了，有段时期宛如空城。人很快就回来了，但应该以为片仓家的人都死光了，或是趁夜逃离了吧，没有人……过来。"

隐宅不会轻易消失。

就如同……过去的凌云阁那样。

"所以，店里所有的刀，包括那把刀在内，都完整无缺地留下来了。我真心觉得应该在那时候全部捐出去的。要不然交给美军接收也好，那样一来，无铭的刀应该都会被丢进海里吧。那把刀是无铭刀，一定已经沉在海底了。如果那样做的话……"

结果却未能如此。

"战后有一段时期，为了糊口，我变卖刀剑过活，因为过不下去了。我们省吃俭用——不，在那个年头，也不可能奢侈，但积蓄完全见底了。整个日本应该都很穷困，但我还是不愿意饿着了春子……但我没有一技之长，到了那时候，才总算想到家里**有东西可以卖**。"

也就是刀。

"所以与其说是刀剑铺重新开张，不如说我只是更想要把屋子里所有的刀都卖了。我没有收购过任何一把刀剑。我不会鉴定，不可能出价。我只想卖掉刀而已。我听人说要卖刀，必须登记，所以虽然什么都不懂，还是四处向同行请教……然后把家里剩下的刀送去该送去的地方审查，全部登记了。除了……那把刀以外。"

"为什么那把刀不登记？"

"因为它不是商品。"势子说。

贺川应该不懂。

它确实不是商品。

它应该是充满了片仓家这处隐宅的虚无。

那么那把刀……

果然是鬼。

"所以，只有那把刀是非法持有，是不能持有的刀。其实我根本不想拥有它，却也无从处理。它没有登记，所以当然不能卖，也不能送人……"

"那种东西……"

贺川露出泫然欲泣的神情。

"如果讨厌，如果真的那么讨厌，卖掉就好了啊，有什么关系呢？把它卖掉啊，你们家就是做刀剑生意的啊。"

"我很想卖。"

"那……"

势子抬头。

"但要卖的话，就必须先拥有它，不是吗？如果不登记，就不能卖啊。"

贺川哑然张口。

"但那只是暂时吧？"

"就算只是暂时，我也不愿意。打死我都不愿意。"

势子激动起来。

"万一让它变成我的，结果卖不出去，那该怎么办？倒不如说，不可能卖得出去的。那样一来，它就会永远变成我的了。世上还有比这更可怕的事吗？我绝对不要。再说，没有铸者姓名的老刀剑不可能卖得掉。能卖的刀早就卖光了，屋子里已经没有能卖的刀了。我原本是通过别人介绍卖刀，但愈来愈难卖，所以三年前又把招牌挂了出来。为了春子，为了过下去，我把店重新开张了。但刀剑铺不是什么赚钱生意。不，我根本不打算做下去。我准备等春子一毕业，就把店关了。我真心想要抛下一切，趁夜一走了之。我是这种心态，怎么可能把它送去登记？我才不想。因为那把刀……是鬼刀。"

"又是鬼。"贺川沮丧地说，"好吧，这边我懂了，但你说你用那把你痛恨的刀杀了自己的女儿，对吧？这不是太奇怪了吗？

难道是那把鬼刀还是什么刀的错吗？这种想法大错特错。鬼啊、作祟啊这些理由，可没办法减轻你的罪，对吧？请不要说什么都是刀害的，好吗？"

贺川那双大得格格不入的眼睛望向敦子，征求同意。

"不是那样的，贺川先生，"敦子说，"不管怎么样，既然没有登记证，带着凶刀多次从下谷来回现场，风险都太大了。如果凶手真的这么做，表示他冒了十三次以上这样的危险，对吧？但如果第一次就被拦下盘问，那罪行甚至有可能连一次都不会发生吧？"

"是啊，有可能。"贺川说，"应该会被捕。我一开始就这么说了。"

"也就是说，凶器在第一次偷偷从片仓刀剑铺取出之后，就一直放在这附近……比方说大垣先生家里，不对吗？"

"啊，"贺川张口，"是这么回事啊。"

"这种情况，如果相信大垣先生的说辞，宇野先生就不可能一个人行凶了，不是吗？"

"如果相信大垣的说辞，会是这样没错，但如果不信，就不是这样了。"

贺川嘴巴朝两边咧开。

"再说，那个大垣也相当可疑啊。搞不好那个人利用刀在手上，打磨之后拿去砍人，砍完之后再拿回来打磨啊。"

这样更合理啊——贺川说：

"好吧，那就相信大垣的话，先排除宇野来看好了。这样一来，就变成是这个片仓势子把刀送去研磨的。磨刀师最近好像也不景气，会送日本刀来磨的人难得一见。然后，磨刀师久违地摸到日本刀，磨着磨着，想要试试它有多锋利……要是这种情节，还比较可以理解。"

"可是……大垣先生身高没那么矮吧。"敦子说。

"但现在的嫌犯宇野更高大。"贺川说，"听着，就连那么高大的家伙都能成为嫌犯了。我质疑身高的问题，也没人要理我。那样的话，跟宇野比起来，大垣还比较矮小，虽然没有我这么矮。"

"不过假设是这样，也得先把刀送去磨，事情才有个起头吧？不太可能是大垣先生擅自从片仓家把刀拿出来。"

"刀子不就送去磨了吗？"

"那么一开始这位女士为什么要把刀送去磨？应该也不是砍了什么东西，而且厌恶到甚至不想取得登记证的刀明明也没磨损，会冒着被人看到的危险，偷偷送去磨吗？"敦子说。

"说是这样说，但应该有什么理由吧？喏，像是生锈之类的。如果那么厌恶，平日应该也不会保养吧。"

"如果都放到生锈了，那表示真的完全没有保养吧。但那又怎么会知道生锈了？就算发现生锈，会送去保养吗？就算生锈，也会丢着不管吧？"

"可是，这一切的前提是相信她刚才说的都是真的吧？有可能全是瞎掰的，为了减轻罪责。虽然我不知道有没有罪啦。太太，你是不是其实没有那么厌恶那把刀？其实你还是会保养它，只是后来不小心忘了保养，结果生锈了之类的。这种事很常见吧？"

"什么都不信，是没办法查明真相的。"敦子说，"未登记而持有刀剑是违法的。势子女士很清楚这一点，不惜违法，也不肯去登记。她做的又是刀剑生意，没法用不知情搪塞过去，万一曝光，是会受罚的。然而她依然没有去登记。那么应该就如同她说的，是真心厌恶那把刀吧？"

"虽然你这么说，可是中禅寺小姐，"贺川噘起嘴，"恕我重申，她可是从刚才就在说，她用那把厌恶到极点的刀，杀了自己的亲生女儿啊。不仅如此，而且说还用那把刀砍了六个素不相识的陌生人。这是怎样，因为她是鬼吗？都是鬼刀害的吗？所以……"

"这种理由说不通的，就像贺川先生说的那样。"

"那……"

"我也不是在说作祟、诅咒那些的。"

"你不就一直在说吗！"贺川大声说道，挥起拳头，"鬼、鬼、鬼，鬼到底是什么啦？现在又不是节分，豆子早就撒完了。可怕的是杀人命案吧？要说谁是鬼，凶手就是鬼。一个接着一个杀死无辜的人，这种人不就是鬼吗？对吧？难道不是吗？"

刑警挥舞了几下举起的拳头。

"没有错。"敦子说。

"咦？呃，可是你说鬼……"

"是鬼啊。虽然是鬼，不过那是人。这位势子女士厌恶排斥的刀，是新选组的鬼副长土方岁三所留下的刀。"

"什么？"

贺川放下拳头，一脸无法理解。

敦子转向势子说："那把刀的来历……您也听说了，对吧？"

"是的。"势子回答，"公公和大垣先生都告诉过我了。"

"这样啊。听说那把刀，是嫁进片仓家、与土方岁三有关的某位女士，以某起事件为契机，在明治中期过后得到的，所以才说是鬼刀……似乎只是这么回事。"

"新……"

新选组？——贺川目瞪口呆地说：

"那不就真的是鞍马天狗了？不……嗯，新选组的话，或许是砍过很多人，不过还是……就算是这样……"

"就像贺川先生说的，古老的刀或多或少都有这样的过去，但那把刀情况却有些不同。那把鬼刀……"

——是砍死静子小姐的刀。

"静子……啊，是势子女士过世的丈夫的妹妹吗？那，是刚才提到的强盗事件时的凶器吗？"

"是的。不，不光是这样而已，那把鬼刀还砍死了片仓家另一个人。"

"什么？"

"势子女士过世的丈夫的姑姑，也是被同一把刀砍死的。"

"什、什么？我怎么没听说？那是怎样的事件？"

"当然，只是凶器相同而已，是完全无关的事件。最初的事件发生在明治二十五年（一八九二）。准确地说，那把刀似乎是发生第一起事件之后，才交到片仓家的手上……但无论如何，那把刀都曾经杀害过两个片仓家的人。"

"明治？有那么以前吗？那样的话，跟江户时代不是没什么两样了吗？不，等等，中禅寺小姐，呃……那第二次的强盗事件发生时，喂，势子女士，你说你已经跟片仓欣造先生结婚了是吗？"

"那是十八年前的事。"势子无力地回答，"我忘不了。过世的小姑静子和我也很熟。她是个个性开朗的好姑娘。那把刀就是砍死静子的刀。"

"这样啊。"

嗯……贺川沉吟。

"嗯，嗯，那的确是……嗯，很不祥的一把刀。"

"非常可怕，我害怕极了。这会很奇怪吗？我实在无法理解丈夫一直珍藏着那种东西的心情。"势子说。

"我倒是无法理解你。"贺川说，"到这里都还好。如果是这种理由，嗯，换作是我，也不想把那种东西留在身边，连看到都会讨厌。到这里都能理解。那玩意儿确实很恐怖。是鬼刀。到这里我都明白了。可是你说的是，你用那把刀砍了七个人呢，而且最后一个还是自己的亲女儿，对吧？"

势子垂下头去。

"要叫人相信这种事，才是强人所难。不可能相信的，因为这太离谱了。如果那刀那么可怕，不是连放在身边都觉得厌恶吗？要是我就不愿意。那怎么可能做出试刀这种事？如果你坚持要说你就是凶手，表示你其实没那么厌恶那把刀吧？还是怎样……"

果然是刀害的吗？——贺川说：

"那刀有魔力什么的吗？明明那么痛恨，却不知不觉间拿了起来，一拿起来，就不由得想要砍人是吗？啊？这种动机才是说不通。没有恨意、没有权衡利害得失，只因为手上的刀刚好是可怕的鬼刀，所以就砍了人？这……"

"或许**是**有这种事的。"敦子说。

贺川的表情就像被踩了一脚的猫，他发出被踩的猫一样的声音说：

"你、你突然说起这什么话来？喂，姑娘，中禅寺小姐，你不是才说你不信作祟诅咒那些的？你改变主张了吗？在这个节骨眼？你这样让人很头痛啊。"

"我并没有改变主张。"敦子答道，"我也认为片仓势子女士在作伪证，所以我才会像这样，只请贺川先生在场。"

"我……"

我没有撒谎——势子的声音几不可闻。

"宪一不是凶手。"

"所以我说就算如此，你的说辞也无法相信。因为你不是说那把凶刀很可怕、很讨厌吗？而且你没有动机。假设试刀是无差别杀伤好了，但你又说你杀了自己的亲女儿。这太莫名其妙了。什么鬼的因缘……"

说到这里，刑警瞥了敦子一眼。

"你说或许有那种事？什么叫或许有？你之前说没那种东西吧？不管有还是没有，那些怪力乱神都不在警方的管辖范围内。"

"我明白。"

贺川将那张大嘴巴左右咧开到不能再大，咬牙切齿，几乎要发出磨牙声来。

"我说啊，连中禅寺小姐都说这种话，这事到底要怎么收场？你不是那个什么，科学杂志的编辑吗？那就用科学角度解释一下啊。呃，那边那位姑娘，我觉得让你这样的未成年人待在这里非常不合适，不过怎样？你听得懂吗？我是一头雾水啊。"

坐在角落的美由纪微微歪头。

"噢，我……呃，首先……"

她用食指抵着下巴。

"宇野先生……不是试刀手，我也这么想。刑警先生也这么认为，对吧？所以之前才会那么苦恼吧？"

"是这样没错，可是那是因为状况证据和目击证词不合，怎么说，没有积极证实他就是试刀手的证据。没有确凿的铁证啊。没有铁证，空有证词，所以才头痛啊。不过如果这位女士是凶手的话，情况就不同了。但现在连这都很可疑……所以才会怀疑到大垣身上……"

"我也是。"敦子说，"我赞成吴同学的意见。我认为宇野先生不可能下手。"

"那难道是这位女士吗？不是宇野，也不是大垣，那不就只剩下这位女士了吗？"

贺川指着势子说。

"会变成这样吧？因为没有其他人了，不是吗？没错，我一直在怀疑是否真是宇野干的，但我觉得比起这位女士，至少宇野更像凶手。喂，太太，片仓女士，你今年三十八岁，对吧？恕我失礼，但你不算年轻了，看起来也没有在锻炼身体，要用日本刀砍人之后直接逃走……对你应该太难了吧？对做刀剑买卖的人说这种话，是班门弄斧，但日本刀很重吧？就连要砍不会动的靶子，也需要力气吧？你有办法提着刀跑掉，还是高举着刀跳出来吗？再说，你好像几乎都穿和服，难道你是这身打扮，捞起身后的裙摆掖进腰带里跑步吗？我说啊，试刀手就算一样穿和服，看起来应该也像是武士。可是你不管怎么看，就是个穿和服的妇人啊，但没有半个人作证说看到穿和服的妇人！"

"我换了衣服。"势子声音颤抖着说，"我、我换了洋装。"

"在哪里换的？我以为妇人的话，和服无论穿脱，都得大费周章，这是我太没常识吗？或许也不是不能换，但说妇人在户外更衣吗……？这算是偏见吗？我这样算是对妇女有偏见吗？这年头，妇女也会堂而皇之地在户外更衣吗？我是男的，但我就不会在户外更衣，是我太奇怪吗？"

不是吧！——贺川暴吼一声。

"不，如果你说从一开始就穿洋装出门，那另当别论——不，穿洋装的话，你刚才就不会说你换衣服了。那样的话，譬如说……对了，难道是在大垣先生家更衣的吗？"

"和大垣先生……没有关系。"

"怎么可能没关系？"贺川拍桌，"你跑去投靠他，不是吗？我去找大垣的时候，其实你就在里面的房间吧？如果你真的是凶手，那就是被藏匿在那里。大垣如果知情，那他就是窝藏凶手。"

"这跟大垣先生……"

"你是在包庇大垣吧？宇野也是吧？我觉得你们两人是联手在包庇那个老头子。"

"跟大垣先生没有关系。"势子继续争辩。

"不，你光是这样主张也没用。你的证词牛头不对马嘴，实际上宇野说的还比较合理。从没有动机这一点来看，两边都没什么差别，而且宇野那边的问题就只有身高。就连搬运凶器的问题，大垣的话就没问题，宇野也是……"

"听我说，宪一不是凶手。"

"不不不，如果宇野泡在大垣家的话……"

"大垣先生说过'宪一不会来这里'。"

敦子打断没有结果的争论。

"所以我认为宇野先生真的没有去大垣先生那里。"

"你怎么知道？只有大垣这么说吧？你相信他的话吗？因为宇野被逐出师门吗？可是后来他也继续住在那里啊。大垣对宇野有养育之恩吧？宇野也很依赖大垣吧？那个老头子表现得很冷漠，但那应该是装出来的吧？从十二岁开始，老头子扶养了宇野快六年呢。现在宇野也在他客户那里工作，所以应该也不是完全断了感情。还是宇野没有那种感情？他对被逐出师门怀恨在心，愤愤不平吗？"

"他……没有被逐出师门。"敦子说。

"没有吗？"

"好像只是因为他不适合当磨刀师，大垣先生没有再继续训练他而已，所以这不可能构成怨恨大垣先生的理由。宇野先生本来是战争孤儿，是大垣先生供他吃、穿、住，把他扶养长大，宇野先生应该心存感激，不会有任何恨意吧。放弃成为磨刀师以后，仍然一直住在那里，应该只是没有理由离开而已。"

"那他不就有一大堆包庇大垣的理由吗？大垣是宇野的恩人吧？既然是恩人，当然要包庇他。这位女士也是，她应该也受过大垣不少关照吧？所以才会想要替他顶罪吧？"

"大垣先生……"

势子开口，但贺川打断她：

"跟他有关系！光是在那里主张跟大垣无关也没用。宇野，还有这位女士，两个人都说得天花乱坠，但两边都完全不能信。尤其这位女士说的话，更是荒唐。"

贺川将闭起的嘴巴往两边拉，变得就像癞虾蟆，摆出一张苦到极点的臭脸。

"我是在原地兜圈子吗？不，中禅寺小姐和小姑娘都说不是，我一直到刚才也觉得不是，不过照这样来看，果然还是宇野吧。"

"贺川先生，宇野先生……有没有办法请他到这里来？"

"啊？把嫌犯？从拘留处？叫到这里来？我说你啊，这怎么可能嘛。中禅寺小姐，你也真是，胡说些什么？"

这样啊。应该也是。

那就没办法了。

"呃，这是我的想象……"

敦子觉得如果是哥哥，绝对不会说这种没把握的话。

在开口之前，他一定已经通过某些方法确认过了。万无一失，才是哥哥的作风，但敦子没有那种余裕。

"我想宇野先生……是不是对刀具有局限性的恐惧症？"

听到敦子的话，贺川露出泫然欲泣的表情问："那是什么？"

"就是，宇野先生**害怕刀具**——不，我想他应该**没办法触摸刀具**。"

贺川表情僵住，停顿了一秒。

"抱歉，我听不懂。我不懂你在说什么。"贺川说，"哪有这种蠢事？是啦，刀具很危险，也很可怕。我也是这样，但这不是很正常的情绪吗？我真的很讨厌刀，要是能够，连碰都不想碰。但就算讨厌刀，我还是可以刮胡子、削铅笔。这很正常吧？"

"不，应该不只是害怕而已，而是病态的恐惧。"

"那跟恐高症、尖端恐惧症那些是一样的吗？刀刃恐惧症？有这种东西吗？不，就算有好了，宇野一直住在磨刀师家里，后来几乎是住在刀剑铺当食客呢。身边全是刀。这太说不过去了吧？"

"是的。所以我想应该不是单纯的恐惧，而是无法直接触摸刀刃。那样的话，就做不来磨刀师了。因为磨刀师的工作会直接触摸刀刃。别说精进技术了，根本做不来。所以才会被逐出师门……倒不如说，大垣先生会放弃训练他，也不是因为不适合，而是根本做不到。我想应该是这样。"

"不太可能吧。"刑警再三侧头，"你看，他住在那里做了好几年呢。不是一两天而已，而是修业了好几年吧？不会习惯吗？"

不会。

"那不是能习惯的事。我想本人应该也没有明确的自觉，但那是一种神经症，所以需要治疗。但即使治疗，也没那么容易治愈。最好的办法，就是远离恐惧的对象。"

"远离……"

"简而言之，别去碰就行了。但他做不到。车床的机器也有刀刃。车床的主轴就是一种刀刃。即使能操作机器，但对于病态地恐惧刀刃的人来说，应该很难进行精细的操作。"

"呃……"贺川又摩擦额头，"真的是这样吗？可是后来他不是待在刀剑铺吗？"

"刀剑买卖不用触摸刀剑本身也能做。因为店里又不是摆着裸露的刀身。对吧，片仓女士？"

"嗯……"势子很困惑地说，"刀全都收藏在盒子里。以前展示架上也会装饰出鞘的日本刀，但这类气派的刀全都卖掉了……现在店里的商品，没有能拿来摆饰的刀，因此展示柜也是空的，只摆着护手和配件等装饰。"

"没错。"美由纪说，"宇野先生就坐在那空荡荡的玻璃柜后面。那时候我就感到纳闷，这里是刀剑铺，可是怎么都没有刀？"

贺川疑惑地看着敦子。

"不不不，就算是这样，这结论也太跳跃了。因为……怎么说……不，这太不可能了。"

"可是，或许真的是这样。"势子自言自语地说。

"啊？"

"我从来没有想过，宪一也从来没有提过……可是以前有一次我们说起要和春子三个人一起去外面吃。好像是去年吧，因为难得有刀卖出了高价，便想说偶尔奢侈一下，去上野的精养轩吃顿大餐……那时宪一难得坚持己见，无论如何都不要吃西餐，结果作罢了。因为他说他**没办法拿**刀叉。"

"喂喂喂喂，"贺川毛躁地用食指敲桌子，"这是不是在串供啊？这种事不先说就太不公平了吧？"

"先说是要哪个时候说？"敦子问。

侦讯中不会问这种事，也不会特别拿出来说。

"呃……我是说，她是不是想要顺着中禅寺小姐的话说，临时编造出这样一件事。因为就算生意再怎么不好，没剩几样东西，店里还是有刀吧？有刀就会摸到吧？"

"我也几乎没有摸过刀身，我想宪一连看都没有看过刀身。"

"太难以置信了。对了，而且日本刀不是有柄吗？缠绕着很多布啊线的地方，不是会握住那里吗？又不是直接摸刀刃。"

贺川就像握刀一样握住铅笔。

"我说，不管是菜刀还是雕刻刀，都有刀柄啊。吃西餐用的刀子，嗯，应该整个都是金属，可是还是有可以握的地方吧？日本刀也有啊。一般都会握住那里吧？才不会碰到刀刃。"

"是的。所以我想应该也不是不能拿。我不清楚碰到刀子会是什么感受、会变成什么状态，但只要不直接触碰刀刃的话，应该是可以拿的吧。事实上当时他就拿着刀，对吧？"

"对啊，他拿着刀嘛。"贺川拍了一下手，"既然能拿刀，就能砍人吧。不必直接碰到刀刃啊。每个人都是握刀柄嘛。宇野他就像这样，手里提着血淋淋的刀，浑身发抖地站在那里，整个人茫然失神。"

"他在……发抖吗？"

"都杀了人了，发个抖也很正常吧。"

"都砍死过那么多人了，还会发抖吗？"

"那是……因为……不，杀的是自己的女友的话，和之前的状况……"

"不是的！"势子扬声说，"宪一……他没有杀人。他什么都没做。他只是在那里而已。而且宪一不是春子的男友。他是清白的。他是个连小虫子都不会杀的好人。"

请释放他吧，请不要判他死刑——势子激动地站了起来。

"冷静，请冷静下来。我说啊，这里是听民众陈情的房间，其实不是像这样讨论案情的地方。再说，你从刚才就畅所欲言，可是说的话毫无逻辑。所以就算你在那里高呼宇野是清白的……"

"我觉得她说的是事实。"

敦子打断贺川的话。

"我实在不认为宇野先生会是凶手。"

但是……

"但是，您也不是凶手吧？"

势子转向敦子。

一双充血的眼睛瞪得老大。

像是倾诉、怨恨、惊愕……

不对。

她是害怕极了。

"为什么不肯相信我？"

人是我杀的，凶手就是我，全是我不好！

"我……"

我就是凶手，是我杀了小春！——势子哭喊，整个人更加失控了。

"我、我……"

"关于这一点……**或许是吧**。"敦子说。

"我不懂。"

这到底是什么意思？——贺川歪头表示不解。

"完全不懂。小姑娘，你听得懂吗？这些人到底在说什么？"

贺川向美由纪求助。

"就是……宇野先生什么也没做，阿姨也不是什么试刀手，是这个意思吧？但杀害春子学姐的……"

美由纪露出悲伤的神情。

接着望向势子。

"小春、春子是我亲手杀死的，不是宪一。杀死那孩子的人是我！快点抓我，快点逮捕我！"

"等等、先等等。"

贺川张开双手，设法稳住场面。

"先等一下。冷静点。好吧，好好好，春子是你杀的，然后宇野什么也没做。大垣也没关系。可是这样一来，试刀案不就没有凶手了吗？"

"有的。"敦子说。

敦子把脸转向势子。

直到上一刻，势子都拼命摇头，激动到几乎要扑向贺川，这时却整个人僵掉了。

她原本就面无血色，苍白如蝉蜕，现在那张脸更是宛如幽灵画上的鬼魂，鬼气森然。

贺川张大了鼻翼，问：

"谁？还有谁？不认识的人？嫌犯名单以外的人吗？这样犯规啊，中禅寺小姐。也不是犯规啦，但就是让人无法接受啊。侦查范围里面没有其他人了。如果凶手是警方完全没有查到的人，那警方真的是无能到极点了。不管从上下左右哪个角度看，挖遍任何一个角落，除了这位女士、宇野和大垣以外，没有别人会是凶手了。”

“还有一个人。私下拿出鬼刀，夜复一夜外出砍人的……”

是春子同学，对吧？

“咦！”

美由纪坐着，从椅面微微弹跳起来。

“敦、敦子小姐，请等一下，不，这实在……”

贺川失了魂似的再次转向敦子。

“你在胡说八道些什么啊？那女孩才十六岁呢，这……”

“和年龄无关吧？”敦子说，“大垣先生说送刀来磨的是谁？”

“咦？呃，是片仓吧。”

“春子同学就姓片仓啊。”

“不不不，我说啊……”

“第一起事件发生在去年九月，对吧？那天是星期几？”

贺川翻起记事本。

“呃，星期六。”

“接下来是十一月吧？那天是什么日子？”

“什么？接下来……是明治节，不，现在叫文化日吗？是文化日的前一天呢。接下来……”

“是劳动感谢日的前一天吧？”

“所以怎么样？”

“如果春子同学要在深夜外出，就只能以回家为由离开宿舍。也就是……假日的前一天。”

“咦？说要回家，离开宿舍，然后去大垣那里领磨好的刀，用它砍人，再把刀送回去磨，然后深夜回下谷的家……你是这个意思吗？不不不……"

贺川翻了翻记事本。

"第四次是今年的一月三十日……星期六呢。可是再下一次的日子，是普通的平日啊。"

"二月十日，对吧？"

"对，但这天是星期三啊，是平日。隔天的二月十一日……噢，纪元节？但纪元节不是废止了吗？"

"我们学校放假。"美由纪说，"不知道为什么放假了。关于要不要放假，老师之间好像也起了争执。"

"这样吗？你们是私校嘛。然后接下来是二月二十日……这天是星期六。可是就算是这样，不……"

贺川说着抬起头来。

"听说春子同学和我差不多高。"

敦子站起来说。

"制服和和服不一样，要把裙子换成体育裤之类的衣物，应该很容易。那所学校的制服……"

美由纪看向自己的制服。

"就像贺川先生看到的，是很朴素的黑色调，如果把脸部遮起来……也不能说不像个矮小的男子。"

"不对！不是那样的……"势子说。

她已经快发不出声了。

"那孩子、那孩子怎么可能做出那种事？她才十六岁，而且是个女孩子，怎么可能做出杀人那种事……"

"您也是女人啊，片仓女士。您做得到，不就表示春子同学也做得到吗？不，我认为春子同学比您更有体力，运动能力也更好。再说，如果要质疑她怎么会做出那种事，您，还有宇野先生，**不也是一样的吗**？"

没有理由做出那种事。没有人有理由。

贺川茫然了半晌。

"呃，这种事有可能吗？中禅寺小姐，你说一样……这是什么意思？是指没有理由吗？是怎样？家有幼子的寡妇、缝纫女工、烧水的老爷子，都是毫无理由地被杀吗？被……被一个女学生杀了吗？"

"要说理由的话……"

鬼刀吗？

"有一点必须弄清楚，这世上应该没有作祟，也没有诅咒，纵然真的有，也就像贺川先生说的那样，完全无法成为免罪符，也不可能当作减刑的事由。"

"这是当然。"贺川说，"不管有什么样的因缘，即使是受到诅咒、遭鬼作祟，杀人都是不容许的。"

"贺川先生说得没错，但这样的迷妄之心，确实有可能成为引发犯罪的部分动机。即使是在现代被视为不科学而弃如敝屣的事物，在人们相信的时代，也不会被当成迷信。反之亦然。因此不管是怎样的主张，全端看接收的一方如何解读。不管是谎言、骗局还是闹剧，一旦相信……"

在深信不疑的人心中……

就成了真实。

"片仓家有个令人忌讳的咒物。我不清楚春子同学对那把刀知道多少，又是如何理解。但从吴同学的话听来，她应该知道某种程度的事情。因为听说她说片仓家的女人注定会被砍死……对此极为恐惧。"

"喂，那说的是**被杀**吧？不是**杀人**啊，而且她很害怕，不是吗？"

"对。所以了，这部分的事我不清楚。不过可以确定的是，不管怎么样，总之有一样令人忌讳的咒物，它成了这次事件的凶器。然后传承着那样凶器即咒物的片仓家，血亲就只剩下……春子同学一人。"

没错。

宇野是外人，势子也只是片仓家的媳妇，并非血亲。把鬼刀带进来的片仓凉的子孙，就只有春子一人。

当然，与血缘无关。就和作祟一样——不，比作祟更没有关系，而且实际上应该亦是无关。世上没有所谓杀人的血统，而且这种说法本身就是一种歧视。

但是，即令外界的一切完全没有这类歧视性的虚妄心态，当事人却被这样的迷妄缠身，也是常有的事。

只要有令人如此深信不疑的材料，人轻易就会一头栽进去。

"没有人有理由接二连三砍杀无关的人，即使有，那理由也一定是妄想或邪念。不论有什么理由，纵然是合情合理的理由，也不是能够被原谅的。绝对不会被原谅。"

"就是说啊。"贺川说，"但是……"

"是的，是这样没错。站在这个前提上，这次能够成为那种妄念的种子的事项、物品，不就只有那把鬼刀吗？然后那把刀能够灌输负面妄想的对象……"

不就只有春子同学吗？——敦子说：

"想到这里，不管是凶手的身高问题，或是凶器的搬运问题，几乎所有的矛盾都迎刃而解了。"

"是这样没错，可是她才十六岁啊。"

贺川用力搔头。

"她才十六岁。的确，只要把刀交给大垣，然后再穿回裙子，即使身上有些脏污，也不会有人起疑。因为她是女学生，没有人会认为一个女学生是试刀手。可是，她是个十六岁的女学生，还是个孩子啊！是正值做梦年纪的女孩啊！却说她是试刀手，是杀人凶手，这怎么可能？"

世上也有不爱做梦的女学生。这里就有一个。不……

有时反倒**就是因为爱做梦**……不是吗？因为爱做梦，才会一厢情愿，才会深陷其中不可自拔，不是吗？

耽溺于虚妄之中。

"不，我无法接受。女学生会拿刀吗？就算是刀剑铺的女儿，也不会去碰刀吧？当然也没用刀砍过东西吧。"

"这位势子女士也没有砍过人啊。至于宇野先生，他甚至有可能没办法碰刀。"

"不……我也不认为这位女士是凶手。因为就算她想砍，也没办法砍吧？不管是她还是春子同学，都手无缚鸡之力。"

"不就**没能砍死**吗？"

实际上就没能砍死。

"试刀手反复试刀，日益精进。一开始的几个人没有丧命，就是因为没有经验，力气也不够吧。"

贺川也站起来了。他毫无意义地一下右转，一下左转，接着以踏步般的动作跺着地板。

"我说，那是……中禅寺小姐，那是科学吗？还是什么？从那类观点来看，是有可能的事吗？没办法用常识、人情这些来衡量吗？因为我实在是没办法相信。我难以接受，不想接受。"

你呢？——贺川转向美由纪问：

"我说你，这位中禅寺小姐在指控你的朋友是杀人魔呢。怎么样？这太离谱了吧？你怎么想？"

贺川不知为何亢奋起来，在美由纪开口回答之前，便抢着道歉说"不，抱歉"。

"不该问你这种问题的。我太糟糕了。不能问这种问题。在各种意义上都不应该。抱歉。忘了我的话吧。对不起。"

说完后，贺川咬唇低头，接着甩开什么似的抬起头来。

"没错，你在说什么啊，中禅寺小姐？你要弄清楚，春子可是被害者，是惨遭杀害的人啊。她不是加害者，而是被害者……"

"在过世之前，她有可能行凶啊。"

"是、是这样没错，但这可不是过失致死或意外事故，也不是普通的杀人，是试刀杀人啊。再说，如果她一直在做那么恐怖的事，身边的人不可能没发现。杀完人之后她不是回家了吗？身上也会溅到血吧？身边的人一定会发现的。"

"发现了啊。"

应该发现了。

"就是发现了，所以才会去制止，不是吗？"

敦子如此认为。

"春子同学过世那一天，她是不是没有回家？她去大垣先生那里领了刀，准备直接动手。势子女士早就怀疑女儿的行迹，发现她星期六入夜以后也没有回家，为了确定她在做什么并设法阻止，势子女士和宇野先生一起出门了吧。他们看见春子同学从大垣先生那里拿出鬼刀，想要阻止她犯罪，结果……"

"啊！"势子突然大喊。

几名警员从门上的小窗探看。

"呃……喂，真的是这样吗？"

势子趴到桌上，号啕大哭起来。

贺川露出极哀伤的表情看看美由纪，又看看敦子，接着注视着势子的后颈。

一段沉默之后，贺川张开大嘴。

"我去带宇野过来。"

势子慢慢地抬头，望向贺川。

"我会跟课长说。不，我会跟课长交涉，无论如何都会把宇野带过来，你们等我一下！中禅寺小姐，这里就先交给你了！"

贺川说完，大步走出房间。

敦子看向美由纪。

美由纪失了魂似的看着势子。

仿佛吞没了焦躁的寂静，应该持续了十分钟左右。

不久后，一团喧闹声靠近，房门打了开来。

门外站着呼吸粗重的贺川。

贺川还是大步迈入房间，身后……

由两名警官陪同的高大青年走了进来。他双手被绑起来，腰上系着绳索，比贺川还要高上两个头。应该是宇野宪一。

个子很高，却予人弱不禁风的感觉。面颊消瘦，眼窝也凹陷了下去。肯定是憔悴万分。

宇野看到美由纪，吃了一惊，接着望向势子。

"太太……"

势子别过头去。

"宇野，这位片仓势子女士……是来自首的。"贺川说道。

"自首？我才是凶手啊！跟这个人无关。她是春子的母亲，母亲怎么可能把自己的孩子……"

"我知道。"贺川说，"她……是在包庇你吧。"

"既然知道，为什么……？有时间做这种事，还不如请快点把我处死吧！那样一来，一切都了结了不是吗？有什么好犹豫的？我都已经招供了。"

"你也是在包庇吧？"

"我？包庇谁？"

"给我从实招来！"贺川大吼，"你们这两个家伙，简直太莫名其妙了，太奇怪了。不是招供就好了的。听着，春子已经死了。她已经死了。包庇已经死掉的人又能怎样？"

"不是的，贺川先生。"

这时敦子总算想到了。

"宇野先生……并不是在包庇春子同学。"

"又在胡说了，说春子是试刀手的不就是你吗！"

宇野闻言瞪大了眼睛。

"对，没错，犯下多起试刀杀伤案的应该是春子同学。但宇野先生并不是在包庇春子同学。我想他是……爱慕着这位势子女士，是在包庇势子女士。"

"啊？"

"宇野先生，你交往的对象不是春子同学吧？如此宣称的就只有你一个人。和春子同学要好的这位吴同学说看不出你们在交往，刚才势子女士也说不是。"

"那是……"

"你的女友，**是这位势子女士**吧？"

贺川那张大嘴张得更大了。

美由纪似乎也大吃一惊。

"啊？你在说什么？这个人才十九岁，这位女士……"

"跟年纪无关吧？"

"不不不，我说中禅寺小姐啊，就算你说无关，但这两个人年纪相差了快二十岁吧？对吧？"

贺川仰望宇野，宇野紧抿着嘴唇。

"是这样吗？"贺川问

"宪一是个很好的人。"势子说。

"咦？真的是这样？"

贺川上身前屈，探看势子的脸，接着转头仰望宇野。

嘴巴微张。不久前都还气势汹汹的矮小刑警，似乎一下子整个人瘫软了。

"真、真的、确定就是这样吗？"

宇野顾及势子，接着微微点头："我……"

"宪一没有错。"势子开口了，"就像刑警先生说的，我们年纪相差太远了。这位小姐说跟年纪无关，但我还是活了他两倍的年纪，连自己都觉得太不知羞耻了。"

可是我喜欢他——势子说。

"太太……不……"

"我和欣造在一起，是我十八岁的时候。当时欣造应该是二十五。我们是相亲结婚的。欣造就和宪一一样，人很温柔。公公婆婆也都为人敦厚，年龄和欣造相差很多的小姑静子也是个没什么心眼的好孩子。我在七岁的时候，在地震中失去了父母，被伯母带大，所以有了新的家人，我真的很开心。头几年都过得很幸福。直到……"

那个强盗上门。

"我们接到消息时，天已经亮了，我和欣造飞奔到片仓家去，看到警察，还有一堆看热闹的，然后静子躺在里面的和室。"

已经断气了。

"从此以后，公公和婆婆就像变了个人。办完静子的葬礼后，婆婆病倒了，公公整个人郁郁寡欢，再也不说话了。我虽然尽心照顾，婆婆的病情却不见好转，终于连公公也病倒了。那个时候，我的肚子里……"

已经有了春子。

"欣造没办法，只好辞掉公所的工作，我们夫妻做起了刀剑铺生意。"

春子是在那个家出生的——势子语气有些激动地说：

“对，我记得那天是……应该是静子葬礼的隔天吧。那把刀从警察那里还了回来，然后我们从公公那里听到了那把刀的来历。”

那把刀，砍死你妹妹的刀，也砍死过我的妹妹……但那把刀也是我的母亲、你的祖母的遗物……是我母亲寻寻觅觅，好不容易才得到的……

鬼的……

刀。

“太可怕了。我觉得简直太可怕了。可是一看到那把刀，外子——欣造的眼神整个变了。有什么说不出来的神秘东西附到欣造身上去了。”

势子表情紧绷，就仿佛恐惧于自己的记忆。

“欣造向公公问出刀的详细来历，把刀……送去大垣先生那里研磨了。”

那可是砍死他妹妹的刀啊！——势子说：

“为什么不丢掉呢？那个时期的话，应该要怎么处理都行，为什么非要把那种东西留在身边不可？而且还送去打磨保养。我觉得外子一定是疯了。不，外子就是疯了。他变得不太一样了。不久后，婆婆过世，战争爆发，公公也过世了。欣造也在被征兵前风寒恶化，一下子撒手人寰。我已经不知道该如何是好了。欣造过世以后，直到战争结束的五年之间，我和春子只是关在那栋屋子里，勉强糊口度日。我们也没有疏散去乡间，空袭的时候，也只是躲在屋子里发抖。那段时间，那把刀依然锋利无比，被供在屋子正中央。”

我觉得好讨厌好讨厌讨厌死了！——势子歇斯底里地说，重重拍了一下桌子。

"决定把库存的刀卖掉的时候……"

势子的目光飘向远处。

"因为没有人可以依靠，我左思右想，最后去找了大垣先生。我没有别的意思，真的就只是在这一行里面，除了他以外，我没有半个认识的人而已。是大垣先生介绍我认识其他同行，指点我生意上的各种迷津。办理登记的时候，他也关照我许多。等于几乎都是他帮我做的。"

"原来你们是这样的关系。"贺川说。

"对，如果没有大垣先生，就没有今天的我。他是我的恩人。因为大垣先生说那把刀……"

"你说那把凶器吗？"

"说那把鬼刀可以寄放在他那里，所以我立刻……"

"那……"

原来凶器**从一开始就在大垣那里**吗？——贺川说着，抱住了头。

"原来连一次都没有在两地之间搬运。难怪没有半个目击者。那里跟所有的现场都近在咫尺，几乎没有移动的必要。那所以……你把刀送过去了。那是什么时候的事？"

"我是在战败那一年的年底决定要卖刀换取收入，所以是第二年——昭和二十一年（一九四六）的春天。我送那把刀过去的时候……"

势子仰望宇野。

"宪一就在大垣家。"

"那时候他还是个孩子吧？"

"是的。"

"他现在十九岁，那时候应该十一二岁吧。那时候你女儿多大？"

"八岁。"

"根本没差多少啊。"贺川发出哭腔。

"是的，当然，那时候我对他并没有那种感情，只觉得他跟春子年纪相近，所以应该是把他当成儿子一样对待。大垣先生的父亲年事已高，家中又没有女人照管……儿子好像也离家了，似乎诸事不便，所以我会去帮忙做做家务什么的。"

"那时候的势子女士就像母亲一样。"宇野说，"但她不是母亲，我……"

"别说了，我不太想听。"贺川打断他，"或许是有这样的事吧。男女之事，老实说我很不会应付。而且这与杀人命案无关。警方不管民事。"

贺川说完后，又喃喃道："不，还是有关？"接着望向敦子。

"有关……对吧？"

"我饿得蹲在路边的时候，被大垣爷爷捡了回去。我跟他回家，只是想要有饭吃，但他一直照顾我。大垣伯伯虽然对待工作很严格，却没有把不成才的我赶出去，把我养大。他也是我的恩人。"

"你会怕刀吗？"贺川问。

"我不知道。可是只要手里拿着刀，手就会发抖，会觉得快要昏过去了。"

贺川看向敦子，苦着脸点了几下头。

"伯伯很有耐心地教我，我也努力回报他的期待，却一点用都没有。别说进步或犯错了，我根本连刀都拿不好。我觉得很懊丧，整天躲在屋子后面哭。每次都是太太——势子女士安慰我。"

"是挨骂了吗？"贺川问。

"伯伯不会骂我。"宇野说，"伯伯虽然不和善，但不会骂人，也不会吼人。做不到的话，他只会说不行。那是工作，这也是当然的，不可能说做不到也没关系。如果做得好，或许会称赞，但我从来没有做好过。十七岁的时候，伯伯叫我放弃这条路。我心想：啊，我要被赶出去了，但伯伯没有把我赶走。"

"是他叫你去工厂吗？"

"不是他叫我去，是我说我想要工作，所以拜托伯伯，请他替我找份差事。但工厂那边我也做不好。我没有学历，什么都不会，是个废物。是对社会没有贡献的人渣。"

"没有这种事。"势子说，"你是……"

"好了，我知道。"贺川制止势子，"世上有些人就是比较笨拙，也有人什么事都做不好。不过这些人大部分都是因为环境不合。都说那个什么，适材适所，不过事情没这么容易，也得看运气。像我自己，整个军旅生涯都是个半点屁用也没有的士兵，从早到晚吃耳刮子，被揍到脸都快变形了。射击射不中，军号也吹不动，当一个士兵，简直是废物。那时候绰号还叫小朋友呢，小朋友。因为我是个小不点。所以了，我并不会认为你特别无能。这不重要……"

宇野似乎难以启齿，但很快开口了：

"小春离开家里，搬进学校宿舍，然后我不怎么去工厂以后，势子女士请我去片仓家……没多久，就……"

"这里还有未成年少女，小心点措辞啊。"贺川说。

站着的宇野望向美由纪。

美由纪没有退缩，迎视着宇野。

宇野低下头小声说，美由纪，对不起。

"好啦好啦，够啦。"贺川说，"然后呢？"

"呃，然后……我想了很久，最后在去年夏天，找大垣伯伯商量了。说……我想和势子女士在一起。伯伯……"

"吓了一大跳吧？"

"嗯，伯伯起初好像很惊讶，但没有责怪我。伯伯说，这不是你一个人的事，也要考虑到对方，而且你还没有独当一面，又没有工作，得为对方的处境和心情着想，好好讨论之后再决定。不过，伯伯说最好起码等到小春从学校毕业以后再说。说我还年轻，来日方长。"

"噢……"贺川出声，"那个老爷子真是个好人。这么能体谅人。我真是错看他了。"

"所以……才会说太年轻啊……"美由纪说。

"什么意思？"

"春子学姐说宇野先生……虽然是个好人，但人太好了很无趣，而且太年轻了。那时候我不太懂是什么意思，不过的确，以父亲来说……是太年轻了。"

"小春……那孩子……"势子只说了这几个字，便蒙住了脸。

"春子学姐……知道两位的关系。"美由纪小声说，势子喃喃着"春子、小春"，视线彷徨，像在寻找什么。

"小春……"

"对，就是在说春子。"贺川重新主导，"那个，春子，呃……"

"春子同学是什么时候，从谁那里听说，而得知鬼刀的事？"敦子问道，势子忽然正色，说"不是我说的"。

"看在做母亲的我眼里，春子也是个活泼聪明的孩子，但有些教人摸不透的城府。应该是进入现在的学校以后吧，我觉得我们之间出现了一道怎么样都无法跨越的鸿沟。有时她会忽然露出欣造死前的那种眼神……"

"我想应该是在杂志上看到的。"宇野说，"我看到小春在读旧杂志。那应该是前年的事了，我问她在看什么，她说是有碍儿童身心发展的东西，才不告诉你……"

是鸟口买下的那本杂志吗？或许还有其他杂志报道了那起事件，但不管怎么样，写法一定都相当低俗、煽情。

"所以虽然我没有读过，但一定就是。应该就是那之后不久，小春去找大垣伯伯……大垣家就在她们宿舍附近，要说容易去，是很容易去的。听说她对那把大有来头的刀，打破砂锅问到底。伯伯说她去了好几趟。"

"我从宪一那里听到这件事，觉得很不舒服……但又觉得似乎也无计可施。虽然我也不是刻意隐瞒，但确实没有说出来过……如果她直接来问我这个母亲就好了，但她或许觉得难以启齿，我最终也没有主动提起。加上我们也不是天天碰面。但我心里总隐隐不安。没多久……"

势子转向美由纪。

"假日的时候，她开始带美由纪来家里玩……我总算放下心中大石了。我觉得有美由纪这样一个朋友陪伴，对小春我也可以放心了。"

对不起啊，美由纪——势子向美由纪低头行礼。

美由纪似乎不明白势子为何要道歉。

或许不明白比较好。

既然春子已经死了，再也无从得知真相如何，但敦子认为无法否认春子是反社会精神病的可能性。当然，这不是可以轻率断定的事，也不能这么做，因此她认为绝对不该提出来。

春子会亲近美由纪，或许是因为美由纪曾经牵扯进连环离奇杀人事件；会频繁地带她回家，或许也是拿她当掩护。

势子应该也有着这样的担忧。

或许其实不是如此，也希望不是如此。

"我是听伯伯说的。"宇野接着说，"应该是开始带美由纪回片仓刀剑铺那时候，小春要求伯伯给她看刀。伯伯说他拒绝了，但是有一次……伯伯离家片刻的空当，刀不见了。"

"什么不见，未免太不小心了吧？那可是危险物品啊。怎么会那么……最起码也该锁起来吧？太随便了。难道就这么搁在外面？"

"不是的。刀收在里面的房间，藏在壁柜的小柜橱深处。除非翻遍整栋屋子，否则不可能找得到。但因为没有被翻箱倒柜的痕迹，所以一直没发现。"

"那刀怎么会……"

"应该……是爷爷告诉小春藏在哪里的。"

"啊，还有另一个人嘛。那个……"贺川张开大嘴，"可是，他不是卧床不起吗？"

"伯伯说，爷爷说'阿凉来过'。"

"什么？对了，他已经……痴呆了，是吗？"

"对。所以伯伯那时候没有把爷爷这话当回事。那个阿凉是春子的曾祖母，对吧？五十多年前就已经过世了，所以伯伯以为爷爷是做了梦，没放在心上。如今回想，那时候来的人是小春吧。或许两人的容貌或声音有些相似。也因此，伯伯才会一直没发现刀不见了。"

"一直没发现？什么意思？啊，不是一偷走刀马上就行凶杀人，是吗？"

"春子同学把刀取走后……藏在某个地方，是吗？"敦子问。宇野说"应该是"。

"听说后来……小春多次去找伯伯，详细打听刀的保养方法什么的。因为她实在是太热心了，伯伯还问小春是不是要继承片仓刀剑铺。结果小春说……"

如果我能活下来的话……

"听说她这么回答。伯伯问什么意思，她就说片仓家的女人不是都会被刀砍死吗？伯伯听了严词责备，叫她别说傻话……"

"那是什么时候的事？"贺川问。

"去年秋天到年底的事。"

"那、那，试刀事件不是已经发生了吗！"

贺川拍了一下桌子。

宇野低下头去。

"到了年底，小春拿着刀去找伯伯。伯伯吓坏了。因为他一直以为刀还在小柜橱里，所以大吃一惊吧。这时伯伯总算发现，爷爷说的阿凉其实是小春。"

"然、然后呢？"

"伯伯说他脊背发凉。他逼问小春为什么拿那种东西，小春说是**为了斩断因缘**。太让人莫名其妙。但刀污损了。光是擦拭，没办法清除血污，似乎也有细微的缺损。伯伯问她砍了什么，她说砍了狗。"

"狗？"

"小春说那把刀渴望鲜血。不让它吸血，她自己就会被砍，因为她是片仓家的女人……"

"这、这是什么话？被砍的才不是狗，而是烤番薯的小贩、前鹰架工和工人，砍的是人啊！怎、怎、怎么会看不出来呢！"贺川大吼道。

"伯伯他……"

"磨了刀吗？"

刑警青筋暴露，怒气冲冲地问。

"怎么样？大垣磨了刀吗？"

宇野表情紧绷，只是深深地叹了一口气。

"为什么要磨啊？"

贺川一副快要哭出来的表情。

"伯伯不清楚试刀手的新闻啊。他不读报，也不跟人往来，但应该是有了不好的预感吧。他很担心……通知了我们。"

那个时候，试刀手这个称号应该尚未出现。报上应该是称为连环路煞。也还没有人死亡。

势子开口：

"听到大垣先生的话，我……立刻就猜想那个路煞就是春子。但我半信半疑，不敢问她本人。春子多半都和美由纪同学在一起，看起来也和之前没什么不同，所以'觉得不是'和'或许就是'的心情总是一半一半……"

"嗯，也是啦，一般没办法想象吧。"

"伯伯把刀磨好了，但起了防心。新年过去，一阵子之后小春来了。她问刀怎么样了，伯伯说磨好了，小春就说她想看，想看看刀变得有多漂亮。"

"大、大垣让她看了吗？"

"伯伯说他本来拒绝了。但小春非常生气，大骂说刀真正的主人是她，拥有片仓家血统的就只有她一个人，鬼刀是属于她的……"

"就……"

贺川发出走了调的声音。

"就算是这样，也不能给她看啊！然后就把刀给她了吗？就算她大吼大骂，那不就是个十六岁的小丫头而已吗？怎么不骂回去呢？怎么不阻止她呢？那样一来……就不会有人死了啊！"

贺川说完，咬住了嘴唇。

"是的，您说得没错。可是伯伯说他拒绝不了。说他……非常害怕。"

"怕？怕一个女学生？"

"小春是女学生没错，但伯伯说当时的她完全不像这个世界的人。伯伯就只是……"

害怕得不得了。

可怕极了。

不能扯上关系啊。

大垣喜一郎这么说过。

手上拿着刀。

就是要杀人。

会不由得想要杀人。

大垣是在后悔。

同时也是在恐惧。

只要没有刀……

"伯伯立刻来通知我们。一脸铁青。可是……"

"那个寡妇已经被杀了，是吧？"

贺川眼眶泛泪。

"为什么、为什么那个时候不报警？为什么？都演变成那样了，你们还……"

"我们还是相信。"势子说，"还是会想……不可能有这种事。"

"可是……"

"春子是我的女儿啊！她才十六岁而已啊……！"

"可是刀在她手上啊！"贺川第三次拍桌，"这一点是千真万确的事实，不是吗？就算她什么事也没做，带着刀不也很危险吗？那可是日本刀呢，而且是打磨得削铁如泥的日本刀啊！一个十六岁的女学生会拿那种东西吗？不会，才不会！要是拿着那种东西，光是那样就触犯法律了。你们应该要报警啊！那样警方就会管教她了，那样一来，那样一来……"

都已经太迟了——贺川说道，颓丧下去。

"然后呢？你、你师傅又帮她磨了刀吗？"

"没有。"宇野语带哭腔说，"伯伯说，那个时候小春没有去。下一次小春出现在伯伯那里，是大概一个月以后……记得是……对，二月二十日的三更半夜。"

"第六次行凶的日子吗？也就是……刚杀死澡堂烧水的老头子之后。"

"凶器……"敦子思忖，"是带回宿舍了吗？……不，那么晚的时间回宿舍，会引起怀疑，而且后来春子同学回下谷了，所以应该是先藏在附近，隔天回学校的时候再来取……不对呢。出鞘的日本刀白天不可能带回宿舍，所以一定是另外找了个藏刀的地点，一直保管在那里，这样推论比较合理吧。"

听敦子这么说，贺川露出有苦说不出的表情。

"被你这么一说，那所学校附近到处都是藏刀的地点。到棒球场的路上，就像一片森林。也没有路灯。原来如此，现场会集中在这一带，是因为位于宿舍旁边，附近就有可以藏刀的地点吗？而且离大垣家也近……"

那么。

"等于是磨过一次刀之后，砍了三个人呢。"

"嗯，仔细保养过的话，或许是可以砍上这么多人……"

"'砍不动了，打磨一下。'"

"咦？"

宇野说："伯伯说小春这样对他说。他说小春那时候的眼神，那已经不是人的眼神了。完全就是鬼。伯伯说他吓坏了，浑身发抖，连话都说不出来。刀把那个女孩变成了鬼，而现在鬼就在使那把刀……"

"应该吧……"势子接着说，"后来春子回家了。我想应该是近午夜的时间了。我已经忍无可忍了。那时候试刀手已经杀了两个人，我以为她又杀了人……严词逼问她。结果她笑了……"

就快完美了。

那样一来，就可以斩断因缘了。

太好了呢，妈。

"她这样说。笑着这样说。"

敦子一阵毛骨悚然。

敦子没有见过春子，因此在脑中冷笑的女学生是美由纪，也是敦子自己以前的脸。像美由纪也像敦子的春子，手上提着血淋淋的凶刀，露出微笑。

那是……

"意思是，春子同学认为只要用鬼刀**完美地**杀人，就能斩断鬼的因缘吗？"

"我不知道。"势子说，"问题不在人数，而是能不能……**完美地**杀人吗？"

"什么叫**完美地**杀人？"

贺川暴躁地说。

"就算没杀成，烤番薯小贩的左手也已经没了，再也没办法拉他的摊子了！"

贺川压低了声音吼道。

势子的眼眸颤抖着。

"我……我听到这话，心里已经相信一半了。春子做了十恶不赦的坏事，她杀了人。可是当时我只是吓住了，什么话都说不出来。然后隔天我等春子回学校以后，去了大垣先生那里。大垣先生整个人憔悴得可怕……我想，春子去找他以后，他应该一整天都动弹不得，就拿着那把刀……"

"不吃不喝？也不睡？他就那么……"

害怕吗？

"我……请他打磨那把刀。"

"为什么？"

"因为……"

"因为什么！"贺川大吼，"这太荒谬了！"

"或许是吧。可是，如果那孩子真的就是杀人凶手……只要磨刀，那孩子就会继续杀人，对吧？那么我要抓现行……"

"为什么就是不报警呢？"贺川说。

"因为我无论如何都不愿意相信。可是已经死了好几个人，如果她真的就是凶手，我不能让她继续下去。但即使如此，我还是希望这不是真的。所以……"

"你……"

贺川总算露出恍然的表情。

"你跟宇野一起埋伏她……是吗？你们不是送春子回学校，而是去确认春子有没有去大垣家领刀吗？然后跟踪她，想要阻止她行凶吗？对吧？"

势子点点头，垂下头去。

"是这样吗？宇野！"

宇野也垂下头，小声地说"是的"。

"我再也看不下去了。势子女士说要杀了小春，然后自杀，可是她还是有些怀疑。我也无法相信，但是如果小春去伯伯那里领了刀走出来的话……不就只能相信了吗？若是亲眼看见，势子女士和我也非接受事实不可了。所以我们一起出门，躲在大垣家隔壁的灌木丛里。一阵子以后，小春来了，然后拿着刀出来了。所以我们抓住她，想要把她带去投案。可是……"

"那孩子一看到我……"势子说，"竟然举刀砍了上来。"

"太可怕了。我几乎吓破胆了。我想要设法阻止小春。她已经失去理智了。不，完全疯了。居然想杀害自己的母亲……真的就像伯伯说的，那不是小春，而是别的什么。"

敦子觉得不对。

像那样把人比拟为某种非人之物，是一种逃避。

不管看起来再怎么异常，那都是片仓春子这个人吧。

每个人与疯狂都只有一线之隔。没有人不是异常的。不，称其为疯狂，也是一种歧视吧。

是有这种人的。只是倘若对照法律，这种人的行为，有时是应当受罚的。只是……这样罢了。

当然，如果有人因此受害，事情就无法**这样罢了**。生命毫无来由地遭到剥夺，不可能平心静气地接受就是这么回事。

但是，应该就是没有理由的。

即使没道理、不合理，就是这么回事。

所以人才会招请非人之物，设法填补那无法填补的空洞。

填满无法填补的空洞的，是虚无。

是鬼。

"在扭打之中……"

"我拼了老命。满脑子只想着非把刀抢下来不可。因为……"

刀。

都是刀的错——势子说。

"只要没有那把刀，只要没有刀……那孩子、春子……我疯了似的想要抢走刀，结果……"

血喷了出来。

"我、我把那孩子……"

刀。

刀。

女儿。

我女儿要死了。

"是我杀了那孩子。"

势子只是恍惚出神，或许是连泪也哭干了。

"我整个人昏了头，满脑子只想着把刀抢下来就没事了。回过神时，那把不祥的刀在我的手上……我忍不住把刀丢开了。我连碰都不想碰它。结果那孩子倒在地上，一动也不动，所以我去叫警察……"

"应该先报警的。"贺川小声说，"那你身上应该溅到血了吧？巡警怎么没发现？因为天色太暗吗？那一带很暗嘛。或许是很暗……对了，你跟巡警一起回到现场，抱起了倒在地上的女儿，对吧？所以巡警跑去呼叫急救，你也上了车，警方以为血是那时候沾上的。那凶器……"

"是我。"宇野喃喃说道，"是我。你们都在说些什么啊？凶手是我啊！"

是我、是我——宇野渐渐激动起来，一再挥舞被绑起来的双手。

"人是我杀的！我说过好几次了。我不是招供了吗？母亲杀女儿，才没有这种事。绝不能有这种事。试刀手也是我。人都是我杀的。这样就行了吧？小春是个好女孩啊。而且她已经死了，没办法制裁吧？被害者的遗属也要看到有个凶手、凶手被判死刑，否则没办法接受吧？所以是我就好了啊。这样不就皆大欢喜了吗？就是我啊！"

"就算你那样说，这……"

"其他刑警什么也没说，都认为我就是凶手，所以这样不就好了吗？我不想再看到她伤心的样子了。亲生女儿是连环杀人魔，而且自己亲手杀了那个女儿，世上不能有这么悲哀的事……"

突然间，响起"砰"的一声。

美由纪霍地站了起来。

"你够了没！"

美由纪叉开双脚站立，上身前倾，双手拍桌。

"什么跟什么？我最讨厌那种胡搅蛮缠的态度了。凶手就是春子学姐，明明就是！春子学姐是杀人的试刀手，对吧！"

"不……"

"不什么不！刚才大家的话就说明不可能有其他答案了。不，你们两位都承认了啊！然而还要继续强辩吗？什么'不能有这种事'，问题不在这里不是吗？就是发生了不该发生的事啊！就算遮住眼睛、捂住耳朵，发生的事就是发生了！"

美由纪深深地吸了一口气。

"死掉的人就算包庇了也没用。不管宇野先生做什么、说什么，犯下的罪就是罪。还是怎样？宇野先生代替春子学姐被判死刑，就可以抵消春子学姐的罪吗？阿姨也可以忘掉一切吗？不管是女儿犯下的罪，还是自己的罪，都可以忘得一干二净吗？还是受伤的人可以复原，死掉的人也能复生！不可能有这种魔法般的事。都几岁的人了，连这都不懂吗！"

宇野哑然失声。

不，连敦子都惊愕极了。

"不管谁怎么做，罪行就是罪行，事实就是事实，这是无法改变的。遑论以为只要替人顶罪，被判死刑，就能皆大欢喜，这种想法简直荒唐可笑幼稚透顶！想要自己一个人牺牲，解决一切，我说宇野先生，你只是在自我陶醉罢了吧？"

别闹了，好吗？——美由纪握住拳头。

"不想让阿姨伤心？要是你被判死刑，难道阿姨就不会伤心吗？我说得不对吗？阿姨——势子阿姨就是听到你可能被判死刑，就是无法承受你被判死刑，才会跑来自首的，不是吗！连这都不懂，你到底是有多迟钝？还是你已经自我陶醉到昏头了？"

美由纪指着宇野说：

"我不聪明，又是个小丫头，但还明白这点事。春子学姐对我很好，是很棒的朋友，但这跟她犯的罪是两码子事！就算是好孩子，也是有可能犯罪的。虽然很让人伤心难过难以接受，但她一定就是那种人吧。想到被杀的人，还有他们的家人，我觉得很心痛，可是那些事情就是春子学姐做出来的。"

宇野转头从美由纪身上别开目光。

"这个事实必须好好面对、接受才行吧？我也很震惊、很难过，觉得一头雾水，但还是接受了事实。宇野先生也要好好面对才行啊。再说，宇野先生顶替学姐，所有的事就能一笔勾销吗？不可能嘛。死掉的人不会回来了！再说，宇野先生根本什么事都没做啊。你跟这件事根本无关吧！"

阿姨！——美由纪转向势子。

"阿姨也是。不是你杀了春子学姐，是春子学姐想要杀你才对吧？这种情况，不是叫作正当防卫什么的吗？不是吗，刑警先生？"

"啊？噢，嗯，这不是由我来判断的。"

"太不可靠了吧！"美由纪怒吼，"阿姨没有杀意，这不是一清二楚的事吗？也不是过失。当时两人在扭打，所以就像是一场意外。不对，宇野先生也作证说是春子学姐攻击阿姨，那就是正当防卫！不是对方拿着日本刀杀过来吗？所以那叫什么来着？不算是防卫过当吧？杀人事件我可是很熟悉的！"

美由纪再次拍桌。

"宇野先生无罪，阿姨是正当防卫。连环杀人犯是春子学姐，而学姐已经死了。这就是现实，再怎么样都无从改变的事实。那么，根本没有必要犹豫、多想，不是吗？就算动手脚掩饰，这些事实也不会改变！"

美由纪用手背揩眼睛。

原来她哭了吗？

"阿姨，"美由纪再次呼唤势子，"已经发生的事实，是没办法改变的。但就算无法改变，也不能忘记，更绝对不能捏造过去。但是个人的过去……"

是可以改变的——美由纪说。

"前提是人必须活着。这是我自己的体验。必须接受事实，怎么说，要不断思考。我在之前的学校，要好的朋友被杀了。我觉得很难过，很不甘心，也很生气，对没办法阻止这一切的自己绝望极了，到现在还是一样，可是，也有过许多美好的回忆。就算有了不好的回忆，也不是就会连好的回忆都被抹杀吧？只要好好面对，不断思考，不管再怎么残酷的过去，还是会变成不错的回忆。一定会的。"

势子的眉毛痛苦地拧在一起。

"可怕的、像鬼一样的春子学姐，和可爱而令人疼惜的春子学姐，都一样是春子学姐，对吧？如果觉得身为母亲有责任，就应该好好面对被春子学姐伤害的人，还有被她杀害的人的家属。就算您帮学姐顶罪，或宇野先生扛下罪责，也没有任何意义。"

我说得不对吗，宇野先生？——美由纪厉声说：

"被害者是无辜的。他们是突然就被杀死的。不管谁说什么，不对的都是春子学姐。犯下绝对不可饶恕的罪行的，不是宇野先生，也不是阿姨，而是片仓春子……"

是您的女儿——美由纪说。

"加害者没有赎罪就死去了。阿姨是加害者的亲人。春子学姐还未成年，所以身为监护人，阿姨或许有责任……可是这样的话……"

美由纪用拳头抵着额头，苦思该怎么说。

"就算要负责，也不是做出顶罪这种幼稚的行为，而是应该向被害者，还有他们的家人说些什么才对吧？不管阿姨再怎么道歉，被害者和家属应该都不会轻易原谅，但留下来的亲人不好好道歉，被害者不是也死不瞑目吗？包庇春子学姐，完全就是不把被害者放在眼里，不对吗？"

美由纪已经是边说边哭了。

"如果阿姨是凶手，这实在不是道歉就可以算了的，但阿姨并不是凶手。从某种意义上来说，阿姨也是受害者，所以我觉得总有一天，对方也能理解的。虽然或许有可能不被理解——不，应该不会被理解，但就算这样，也不是就可以逃避的。或许很艰难，但不管是为了自己，还是为了春子学姐，都必须好好面对被害者和他们的家人啊！我……"

我这样太傲慢了吗？——美由纪问敦子。

敦子只是摇头。

"这、这条路很艰辛，对吧？顶罪要轻松多了，但不是轻松就好的。因为那样一定只会把痛苦稀释得更长更久。会有一个人被判死刑，另一个人被留下来。这样真的好吗？被留下来的那个人能幸福吗？不可能的吧。"

宇野先生！——美由纪怒吼。

"能支持阿姨的不就只有你了吗？不对吗？你们是一对吧？那就该两个人合力渡过这个难关啊。我这话太天真了吗？我是个小丫头，所以要说天真的话。或许没办法，但还是要努力啊！你们要以身作则，让我们看到只要努力就能做到，即使做不到也要努力，让我们看到这样的美好的梦想啊！因为我就是爱做梦的女学生！"

美由纪连珠炮似的说完后，用力跺了一下脚，重重地坐回椅子上。

势子眼睛一眨也不眨地抬头看着宇野。

宇野似乎说不出话来。

站在宇野两旁的警官也傻掉了。贺川眼神游移，嘴巴半张了片刻，不久后闭上眼睛，低吟起来：

"说得一点都没错。我说宇野，你错了。片仓女士，你也是。这位小姑娘说的话，嗯，再天经地义不过了。说得我心服口服。片仓女士虽说是正当防卫，但杀害了女儿，宇野也作了伪证，所以没办法无罪释放，不过连环杀伤事件的凶手就是春子同学。接下来我会去说服上头，也会请你们两位重新作证，你们要做好心理准备。哎呀……"

这下子舆论要沸腾啦——贺川说，整张脸皱成了一团。

6

觉得……可怕极了。

这样的感情并没有明确的对象。

那确实是惨无人道的行为，但动机是源自蒙昧的妄信，难说邪恶。

罪行本身亦是，极为幼稚，遑论精巧，只是一些意外性被成见所蒙蔽，其实是极为单纯的犯罪。

完全是欠缺核心的事件。

敦子自己也没有遭遇危险。

即使如此。

敦子依然感到害怕。

能满不在乎地做出残虐行为的人很可怕——这样的老套说法她不喜欢。她认为这是毫无意义的感想。

当然，她也不觉得作祟或诅咒可怕。因为世上根本没有作祟或诅咒。那只不过是面对难以接受的现状时，所采取的一种认识形式罢了。

杀人这样的行为本身也是，杀人当然是反社会的暴力行为，但比起惧怕，更是应该排斥、视之为禁忌，非如此不可。杀人被视为绝对不能做的事，形成规范。确实，社会中如果有人满不在乎地破坏规范，会相当可怕。但敦子觉得对生活在法治国家的自己而言，那并非可怕的事物，而是应该憎恨的恶行，是必须取缔、根除的违法行为，非如此不可。

也许，敦子是对这起内容空洞的悲剧的空虚，感到恐怖。

她针对这个问题思索了一阵。

约十天后，敦子去了儿童屋。

真的只是去看看而已，并没有什么事情。

这显然跳脱了敦子的行为模式。

完全是异常行动。

巷子里挤满了小孩子。

学校正在放春假吧。敦子并不讨厌小孩，却不知道该怎么应付他们。她非常不擅长让自己变得天真。人们说回归童心，但不管回到哪里，自己的内心都找不到童心。小孩子不懂道理，反而让敦子想太多，经常不知道该如何应对。

敦子当下觉得不好进去，正打算折返，忽然听见一道格外响亮的笑声，定睛一看，是美由纪。她一个人特别高大，因此格外醒目。本来以为她回千叶老家了，原来还留在这里？

敦子走进狭窄的巷子，美由纪眼尖地发现，举起长长的胳膊，高喊："敦子小姐！"

嘴里含着醋鱿鱼。

"敦子小姐，你怎么来了？"

"你才是，现在是升学前的假期吧？"

"只是升上高中部而已，又没什么改变。宿舍也搬好了，闲得很。要喝蜜柑水吗？"

"不要。"

敦子当即回答。

不买东西却要占用地方，令人心虚，所以敦子犹豫之后，买了名为梅子果酱的东西。因为是抹在煎饼上吃的，她也买了煎饼。她不是那么喜欢煎饼，但总比醋鱿鱼好。

后来。

如同贺川所担忧的，舆论沸腾。

虽然报道只说试刀手的真凶是未成年人，但光是这样就十足耸动了。报上说，前车床工只是防备行凶，而凶手的母亲试图阻止行凶，反遭攻击，双方扭打之中，误杀了凶手。

大致符合事实，应该没有隐瞒或窜改。

姓名没有写出来，但先前的报道早已大书特书，因此没有意义。

"还好吗？"敦子问。

"什么东西还好？"

"学校。闹得很大吧？"

"也没有。"美由纪应道，"当然，兹事体大，嗯，老师们感觉是很严肃，好像也有许多家长询问，但学生还是一样。"

"一样？"

"整天喊着好可怕好可怕……唉，就算害怕，也事不关己。她们说片仓学姐是遇到作祟，变成了鬼女。"

估计会这样吧。

"你跟她很要好，没有被说什么吗？"

"我习惯了啦，一点都不在乎。又不是我做坏事，人家说什么我都不在意。反倒是有人同情我，说美由纪同学没被杀死，太好了。我就配合说真的，吓死我了。"

这女孩很坚强。

宇野获得释放了。

势子则是移交检方。

如果没有意外，应该会如同美由纪所预期的，以正当防卫处理。

大垣好像也被找去侦讯，但似乎没有被问罪。

大垣好像主张全是他不好，但他并非确切知道春子就是凶手，也没有协助犯罪，或藏匿凶手，所以无法立案。

但大垣喜一郎不做磨刀师了。

他的父亲大垣弥助过世了。听说是寿终。

他说要把房子卖了，搬去松户投靠儿子喜助。

宇野宪一好像打算等势子的判决出来后，与她登记结婚，往后搬去其他地方生活。说，虽然在那之前，有堆积如山的事要处理。

美由纪的那番演说奏效了。

"那把刀会怎么样呢？"美由纪问。

"本来好像考虑请警方处理掉，但最后好像决定由大垣先生收下。因为那把刀对大垣先生来说，也因缘匪浅。"

是他的祖父毕生寻觅的刀。

"那，会带到松户去呢。"

应该是吧。

敦子有点吃不下这煎饼。

"敦子小姐果然还是很像令兄。"美由纪说。

"哪里像？才不像呢。"

"不，我知道的和敦子小姐一样多，但都到了那个阶段，还是完全没想到春子学姐就是试刀手。我什么都没看出来。"

"真要这么说的话，那时候等于是你让场面圆满落幕的。我只是想要看出真相，却没有想到看出真相以后要怎么办。"

所以远远不及哥哥。

"我只是按捺不住，把肚子里的话全说出来罢了。真丢脸。"

"大家都听进去了呀。贺川先生也……"

"那个小朋友刑警吗？"

敦子噗哧笑了出来。

"美由纪，那样太没礼貌了啦。不过，那位小朋友刑警、宇野先生和势子女士，都听从了你那番高言谠论，各自决定了要怎么做，所以你的话完全传达出去喽。"

"我说得有条有理吗？够充分吗？"

"真要说的话……我觉得受侦探的影响比较大。"

听敦子这么说，美由纪说：

"天哪，那不得了了！我是那种样子吗？"

"先不管那个，我觉得醋鱿鱼和蜜柑水不搭啊。"敦子说。

美由纪显得不服气，一群孩子从她身边跑过。

欢乐的哇哇喧闹声充斥着巷子。

这个场所一点都不空虚——不知为何，敦子这么想。

主要参考文献

《鸟山石燕 画图百鬼夜行》（鳥山石燕 画図百鬼夜行）

高田卫 监修 / 国书刊行会

※

《佐藤彦五郎日记》（佐藤彦五郎日記） 日野市

《日野宿关系史料集 / 日野宿关系论考》（日野宿関係史料集 / 日野宿関係論考） 日野市

《土方岁三日记》（土方歳三日記）

菊池明 编著 / 筑摩学艺文库

《土方岁三、冲田总司全书简集》（土方歳三、冲田総司全書簡集） 菊池明 编著 / 新人物往来社

《新选组日志》（新選組日誌）

菊池明、伊东成郎、山村龙也 编 / 新人物文库

《浅草十二阶》（浅草十二階） 细马宏通 / 青土社

《明治的迷宫都市》（明治の迷宮都市） 桥爪绅也 / 平凡社

《百美人写真帖》（百美人寫眞帖）

纲岛龟吉 / 大桥堂日比野藤太郎

《选美百年史》（美人コンテスト百年史）

井上章一 / 朝日文艺文库

※ 本作品为作者所创作的虚构小说，故事中登场的团体名、人名及其他，如有雷同，纯属巧合，特此声明。

KONJAKU HYAKKI SHUI ONI

by KYOGOKU Natsuhiko

Copyright © 2019 KYOGOKU Natsuhiko

All rights reserved.

Originally published in Japan by KODANSHA LTD., Tokyo.

Chinese (in simplified character only) translation rights arranged with

RACCOON AGENCY INC., Japan

through THE SAKAI AGENCY and BARDON-CHINESE MEDIA AGENCY.

KONJAKU HYAKKI SHUI KAPPA

by KYOGOKU Natsuhiko

Copyright © 2019 KYOGOKU Natsuhiko

All rights reserved.

Originally published in Japan by KADOKAWA CORPORATION, Tokyo.

Chinese (in simplified character only) translation rights arranged with

RACCOON AGENCY INC., Japan

through THE SAKAI AGENCY and BARDON-CHINESE MEDIA AGENCY.

KONJAKU HYAKKI SHUI TENGU

by KYOGOKU Natsuhiko

Copyright © 2019 KYOGOKU Natsuhiko

All rights reserved.

Originally published in Japan by SHINCHOSHA Publishing Co., Ltd., Tokyo.

Chinese (in simplified character only) translation rights arranged with

RACCOON AGENCY INC., Japan

through THE SAKAI AGENCY and BARDON-CHINESE MEDIA AGENCY.

本书中文译稿由城邦文化事业股份有限公司独步文化事业部授权使用，非经
书面同意不得任意翻印、转载或以任何形式重制